La dynamique des apprentissages scolaires

PRATIQUES NOUVELLES EN ÉDUCATION

Collection dirigée par Pierre Vayer et le GIEIDE Québec

La dynamique des apprentissages scolaires

Par

Amand Duval

et Gérard Létourneur

GGC

ÉDITIONS

ÉDITIONS BUCHET / CHASTEL

18, rue de Condé - 75006 Paris

Conception graphique de la couverture: Diane Corriveau Caza

Infographie: Productions GGC Ltée

382, 10e Avenue Sud
Sherbrooke (Québec)
J1G 2R7
Téléphone: (819) 821-4109
Télécopieur: (819) 821-9975

ISBN 2-89444-054-5

18, rue de Condé
75006 Paris

ISBN 2-283-20029-6

Dépôt légal - Bibliothèque nationale du Québec, 1998
Bibliothèque nationale du Canada, 1998

TABLE DES MATIÈRES

Introduction

La situation des enseignants d'école élémentaire est paradoxale. Dans toutes les cultures, le pouvoir politique valorise notre rôle mais le pouvoir socio-économique nous tient pour quantité négligeable.

Les instructions officielles et les parents nous disent : *"Vous êtes le maître"* mais les programmes nous précisent ce que nous devons obtenir et les parents insistent pour que l'apprentissage se réalise selon les modalités qu'ils ont connues et surtout le plus vite possible.

En principe, nous sommes aidés dans notre mission d'apprendre aux enfants puisque les formations initiales et continues nous apportent des progressions et nous proposent des modèles didactiques. En réalité, nous sommes les exécutants d'une certaine conception de l'apprentissage sous l'oeil plus ou moins bienveillant de l'inspection (en France) ou de l'administration (ailleurs).

Même si les bons auteurs de manuels nous accordent le rôle de professionnels de l'apprentissage, nous reconnaissons tous que nous rencontrons bien des difficultés pour l'assumer puisque l'échec scolaire des enfants vient gâter la satisfaction que nous aurions à enseigner.

C'est pourquoi un certain nombre d'enseignants à l'élémentaire, dont les deux auteurs, ont consenti à revenir sur les bancs de l'Université pour tenter de comprendre comment l'enfant comprend. Nous y avons trouvé des cours et des travaux dirigés fort intéressants (parfois) mais sans relation immédiate avec notre projet. Sans doute avons nous pris des diplômes (grades) qui ont amélioré notre statut social mais nous n'avons trouvé nulle part de réponses à nos questions : *"D'où viennent les motifs?"* et *"Comment l'enfant apprend?"*

Notre situation a été très différente lorsque, grâce à notre administration reconnaissons-le, nous avons disposé de trois semaines avec le choix entre la formation continue et la recherche sur le terrain. Nous avons choisi la seconde option. C'est ainsi qu'avec Pierre Vayer alors enseignant à l'Université de Rennes 2, nous avons collaboré étroitement dans une recherche d'abord, dans la réflexion et l'écriture ensuite.

Le premier temps a été consacré à la recherche en relation avec ce qu'étaient les grands intérêts du moment :

- Étude sur l'influence du siège assis, plus précisément de l'équilibre tonicopostural en situation assise, sur l'attention et le comportement des enfants.

  Il nous a fallu trouver des solutions matérielles pour que la station soit maintenue à la fois avec le minimum d'efforts et le maximum de confort. C'est ainsi que nous avons imaginé et fait construire des éléments mobiliers dont la pertinence a été largement démontrée par la suite.
- Mise en présence des enfants devant les objets de l'éducation psychomotrice avec pour projet d'observer l'émergence et le développement du raisonnement logicomathématique. Cette expérience a été longuement développée par la suite à l'Institut Piaget.
- Mise en présence des enfants face aux objets électroniques (Bigtrack) à l'école maternelle et face à l'ordinateur à l'élémentaire. C'était la suite du projet précédent, aussi avons nous associé objets et machines.

Ce travail a nécessité la mise au point de protocoles, la définition et l'ajustement de répertoires comportementaux, l'enregistrement et l'analyse des activités... Ce qui nous a conduits à discuter âprement pour trouver des solutions à la complexité. Il nous a conduit également à mieux nous connaître et à nous estimer.

Dans un deuxième temps, alors que nous avions repris nos classes, en réponse à nos demandes continuelles d'explications, Pierre Vayer nous a suggéré d'analyser et de critiquer une série de dix articles qu'il venait de faire paraître dans une revue italienne de pédagogie.

Cette lecture attentive nous ayant amenés à faire des observations et à poser de nouvelles questions, nous avons décidé d'un commun accord de réaliser un travail écrit.

Pour ce faire, chaque thème a été repris successivement de façon à ordonner harmonieusement la succession des questions et des réponses, à développer les points qui nous paraissaient importants et à éliminer tout ce qui pourrait être perçu négativement par le lecteur. Le résultat a été un ouvrage paru en 1987 dans la collection *"Guide formation"* des Éditions A-Colin (Paris).

Le livre étant épuisé et ayant retrouvé nos droits d'auteurs, Pierre Vayer nous a demandé de reprendre dans une deuxième édition l'idée du dialogue enseignants-professeurs en complétant demandes et réponses par les informations et connaissances issues des travaux développés par ses équipes. Cela a été d'autant plus facile que celles-ci sont exprimées dans un certain nombre d'ouvrages publiés en France, au Canada (Québec), en Italie et au Brésil, lesquels définissent une approche systémique de l'éducation.

Cette approche où l'enfant est appréhendé en situation dans un environnement et non comme un élève contraint à apprendre les données précisées par les programmes était déjà présente dans notre première édition. Le lecteur ne sera pas surpris de retrouver des schèmas ou des modèles qui ont été repris par la suite comme ont été développées les recherches auxquelles nous avions participées. Cela provoque forcément des répétitions et des réajustements mais ceux-ci peuvent être considérés comme un phénomène de redondance, ce qui correspond à la façon dont le cerveau réorganise et intègre les informations.

Si la recherche, la discussion et la rédaction de deux ouvrages ont changé profondément la compréhension des auteurs, il va de soi que le présent travail ne vas pas changer immédiatement celle du lecteur. Nous pensons cependant que celui-ci, enseignant ou parent, va se sentir interpellé et qu'il va se poser à son tour des questions sur ce qu'il fait et sur ce qu'il est avec les enfants qui lui sont confiés.

Est-ce que cette interrogation ne risque pas de provoquer une crise? Il ne faut pas dramatiser car la crise est un phénomène normal et de toute façon les réponses aux questions sont dans le texte qui les a provoquées.

CHAPITRE I

QUE SIGNIFIE APPRENDRE?

LES DEUX SENS DU TERME APPRENDRE

A.D. – *Le projet de l'école élémentaire est d'apprendre à l'enfant à apprendre. C'est une belle formule qu'on se transmet d'une génération d'enseignant à l'autre, mais que signifie apprendre?*

Le sens est dans l'étymologie, cela signifie prendre pour soi, intégrer; c'est la notion d'assimilation que J. Piaget en son temps avait emprunté à la biologie. Au sens propre, c'est la propriété par laquelle l'organisme transforme les aliments en sa propre substance.

Le problème est que dans le langage courant, le terme apprendre possède un double sens.

- Un sens subjectif, il signifie faire sien, c'est-à-dire intégrer. C'est la signification première, celle qui s'exprime dans le bon sens populaire, on apprend par soi-même car l'expérience est une affaire personnelle.
- Un sens objectif quand on informe quelqu'un de quelque chose. Mais ce n'est qu'une information que la personne peut prendre ou ne pas prendre.

Ce second sens conduit à penser et c'est là qu'est le problème, que l'adulte peut transmettre ses connaissances comme il transmet une information ou plus tard comme il transmettra ses biens. Or ce n'est pas possible, les connaissances relèvent du premier sens : faire sien. Ces connaissances c'est l'enfant qui se les approprie et il n'y a que lui qui puisse le faire car le développement est essentiellement auto-organisation.

Apprendre à apprendre est une belle formule mais ce n'est qu'un jeu de mots car personne ne peut apprendre à l'autre à apprendre.

LES DONNÉES ACTUELLES CONCERNANT LE DÉVELOPPEMENT DE L'ENFANT

La notion d'autoconstruction

A.D. – *Qu'entendez-vous par auto-organisation? Comment faut-il comprendre le développement de l'enfant?*

Ce concept d'auto-organisation est la certitude actuelle. On entend par là que l'enfant construit sa personne et ses connaissances à travers l'expérience de son Moi et celle du monde qui l'entoure, laquelle expérience il n'y a que lui qui peut la faire. Ce que les Américains du Nord expriment dans une formule sans ambiguïté : organisation de soi et organisation du monde autour de soi, c'est la même chose.

Le développement de l'enfant peut être défini comme une autoconstruction qui s'actualise à partir de processus et de données prédéterminés et qui se réalise dans un environnement. Cela signifie que si l'adulte ne peut pas apprendre à l'enfant à se redresser ou à marcher comme il ne peut pas lui transmettre ses connaissances, il peut par contre et dans une large mesure faciliter l'intégration des informations et des données relatives au monde extérieur par l'enfant puisque l'environnement dépend de lui et qu'il en fait partie.

L'expérience de E. Pikler

A.D. – *Vous dites "C'est une certitude". Est-ce qu'il existe des expériences mettant en évidence et sans discussion possible que le développement de l'enfant est une autoconstruction.*

Il en existe une particulièrement intéressante, c'est l'expérience de Emmi Pikler[1].

Madame Pikler est médecin pédiatre, elle a créé et dirigé à Budapest une crèche dans laquelle on reçoit les enfants de 0 à 3 ans. Ce qui caractérise l'établissement de E. Pikler, en opposition aux autres établissements qui reçoivent des enfants sans parents est que à Loczy (c'est le lieu où est située la crèche sur les collines de Buda) les enfants se développent très normalement c'est-à-dire qu'ils intègrent le redressement, la marche, la parole... au même âge que les enfants élevés au sein d'une famille aimante et attentive.

La preuve que vous demandez a été apportée par l'observation systématique du développement psychomoteur de 732 enfants; l'expérience porte sur trente années.

Il y a nécessairement des raisons et ces raisons sont dans les principes mêmes qui dirigent l'action éducative :

- La stabilité des lieux et des personnes autour de l'enfant est la condition première du sentiment de sécurité.
- La relation affective c'est-à-dire la relation adulte-enfant est toujours présente. Elle est personnalisée mais elle n'est pas constante, elle est apportée à certains moments privilégiés, essentiellement le repas et la toilette chez le tout jeune enfant.

1 *"Se mouvoir en liberté dès le 1er âge"* – Paris, PUF, 1979.

Je suis allé à Budapest pour voir E. Pikler, ce que nous relatent les ouvrages et les films est une réalité : il existe entre la nurse et l'enfant un dialogue tout à fait extraordinaire.

- L'enfant vit dans un environnement qui facilite son action, ses expériences. Il faut entendre par environnement les autres enfants du groupe, les espaces et les objets.
- Il dispose de l'autonomie totale dans l'exercice de soi, des espaces et des objets.

  C'est ainsi que *l'adulte n'intervient en aucune façon pour l'aider à se redresser ou à marcher.*
- Un bon état de santé physique est la condition biologique de tout développement harmonieux.

G.L. – *C'est une expérience intéressante mais qu'est-ce qu'elle prouve?*

Tout d'abord elle met en évidence qu'il existe une dynamique interne du développement. C'est cette dynamique personnelle, ce n'est pas l'adulte, qui conduit l'enfant à exercer ses éléments corporels, à faire l'expérience des espaces, des objets...

Cette expérience de soi et du monde autour de soi n'est possible que parce qu'il existe des processus prédéterminés dont le redressement, la marche et la préhension sont les exemples types; c'est la notion de mémoire génétique.

Cela prouve également que l'enfant a la capacité immédiate d'évaluer son action et de s'en souvenir, également qu'il est sensible à la présence et au modèle des autres.

Où l'expérience nous choque, c'est quand elle montre que la présence de la mère naturelle n'est pas fondamentale puisqu'elle peut être remplacée par une nurse. Ce qui est essentiel est le sentiment de sécurité et la qualité de l'environnement au sein duquel l'enfant va développer ses expériences.

La théorie de la personnalité de C. R. Rogers

C. R. Rogers exprime la même connaissance : le développement de l'enfant est une auto-organisation. Mais alors que E. Pikler insiste sur l'autonomie du sujet, C.R. Rogers insiste, lui, sur l'importance de l'environnement des personnes dans cette auto-élaboration de sa personne par l'enfant[2].

Pour C. R. Rogers, l'enfant possède à la naissance des capacités premières qui lui permettent la vie et la survie en tant qu'organisme :

- Il est équipé dès l'arrivée au monde d'un système inné de motivation. C'est la tendance propre à tout être vivant à actualiser ses potentialités.
- Il est également équipé d'un système inné de contrôle, ce qui veut dire qu'il possède la capacité d'évaluer ses expériences.

L'enfant est toujours, quelles que soient les circonstances, placé devant lui-même et devant la réalité du monde qui l'entoure. Grâce à ses systèmes d'information que sont le contact, la vue, l'ouïe... et à ses actions il fait donc simultanément l'expérience de son Moi et de cette réalité, il y a coïncidence entre l'expérience et la réalité. Ces expériences étant accompagnées d'un processus continuel d'évaluation, les expériences perçues comme favorables prennent une valeur positive et celles qui sont perçues comme défavorables prennent une valeur négative.

Cette construction du Moi est inséparable de la relation à l'autre, les parents d'une façon habituelle, car les personnes qui entourent l'enfant lui servent de critères. Ces échanges avec l'autre créent alors un besoin chez l'enfant, celui d'être reconnu

2 *"Psychothérapie et relations humaines"*. Louvain, Presses Universitaires, 1976.

et compris par l'autre; ce que Rogers appelle le besoin de considération positive.

L'exercice de soi se développe également en dehors de la présence de l'adulte; c'est l'expérience de son corps et des possibilités corporelles, l'expérience des objets, des territoires... D'où le développement d'un second besoin, celui de considération positive de soi.

Il faut ajouter que la considération des personnes-critères peut influencer la considération du sujet par rapport à lui-même, par exemple quand l'expérience est faite en fonction de l'autre; c'est ce que Rogers appelle un mode d'évaluation conditionnel.

On peut dire que la théorie du développement autonome de Pikler et la théorie de la personnalité de Rogers sont complémentaires.

G.L. – *Est-ce que vous pouvez être plus précis et prendre un exemple pour expliquer cette notion d'évaluation conditionnelle?*

L'enfant, comme chacun de nous, a besoin d'être reconnu par l'autre car c'est cette reconnaissance qui lui permet de trouver son identité. Pour ce faire il développe des stratégies qui peuvent être très différentes; prenons des exemples :

- Il montre à l'adulte ce qu'il a fait. Ce n'est pas le produit de l'action qui est la chose importante, c'est la reconnaissance de l'auteur.
- Il fait ce qu'il sait être défendu et il sait parfaitement qu'il va choquer l'adulte et que celui-ci va le rabrouer donc... le reconnaître.
- Mais il peut également entrer dans les systèmes de valeurs de l'adulte pour lui faire plaisir mais surtout pour que celui-ci exprime sa satisfaction et par là même reconnaisse l'auteur de l'action. C'est alors le modèle même de l'évaluation conditionnelle.

Ces comportements, vous les observez dans votre classe. Il y a dans la classe des élèves qui se singularisent en faisant délibérément le contraire de ce que vous avez demandé et il en est d'autres plus «conditionnés» qui sont capables de faire un effort sur eux-mêmes pour répondre dans le sens de ce que vous souhaitez. Les comportements apparaissent comme très différents mais l'objectif est le même : être reconnu par l'autre.

L'ENFANT DANS LA SITUATION DE LA CLASSE

Un modèle général de compréhension

G.L. – *Je comprends bien l'importance du contexte social. Le rôle de l'enseignant n'est-il pas de favoriser l'adaptation de l'enfant à ce monde social en le conduisant à apprendre les médiums de communication qui sont privilégiés dans notre société?*

Vous définissez correctement le projet de l'école mais l'ambiguïté subsiste dans l'usage du terme «apprendre». En même temps vous posez un autre problème : dans la société actuelle les médiums privilégiés de communication ne sont plus les langages oral et écrit mais le langage des images, ceux de la télévision et des ordinateurs. Pour comprendre le rôle de la classe, donc de l'enseignant, il nous faut replacer cette structure sociale qu'est la classe dans un contexte plus général c'est-à-dire revenir à la psychologie du développement.

Dans toute situation, également dans la classe, il y a toujours le sujet de l'action (l'enfant en la circonstance), le monde des autres personnes et la réalité du monde matériel; ce qui peut s'exprimer dans un schéma :

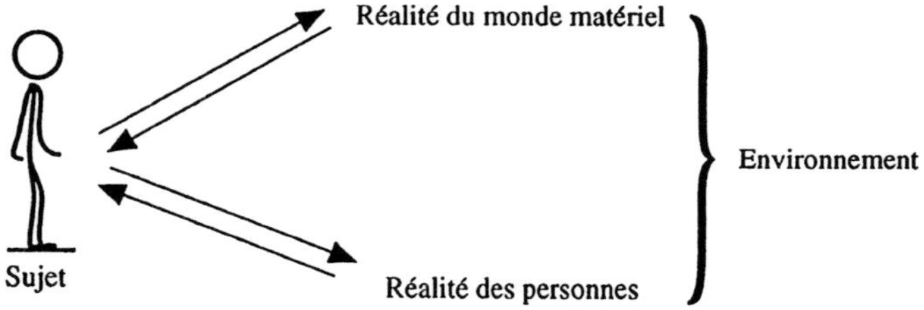

C'est l'activité de l'enfant, c'est-à-dire l'usage des systèmes d'information et d'action qui lui permet de reconnaître le contexte au sein duquel il vit et agit, d'évaluer ce qu'il fait et ce qu'on lui fait, donc d'échanger des informations avec son environnement. On peut définir le développement de l'enfant comme une organisation et une structuration progressive des différents systèmes d'échanges qui lui permettent de vivre en phase avec son entourage.

Ce qu'on appelle les qualités de la personne : les capacités de comprendre et de choisir, les capacités d'exprimer... sont le résultat actuel des échanges, des communications pour utiliser le terme actuel, assumés et vécus par le sujet. Ce qu'on appelle difficultés de la personne ou troubles du développement sont donc essentiellement des problèmes de communication.

Les deux façons complémentaires d'apprendre

Je n'ai pas oublié la question car cette réalité matérielle, également la réalité des personnes autour de l'enfant se présentent de deux façons complémentaires :

- Elles ont des aspects formels, tels l'usage des objets, les règles sociales, le langage verbal...
- Et des aspects informels c'est-à-dire ce qui est nouveau, ce qui change...

Il y a donc deux façons d'apprendre pour l'enfant, deux façons qui s'expriment à travers des interactions de natures différentes :

- C'est l'apprentissage non dirigé qui permet au sujet d'appréhender les aspects informels. C'est ainsi que l'enfant développe ses aptitudes premières et qu'il les actualise en ce qu'il est convenu d'appeler des capacités.
- C'est l'apprentissage dirigé par l'adulte mais aussi par la réalité matérielle, par la réalité sociale, qui transforme ces capacités en compétences particulières.

Ces deux façons complémentaires d'apprendre sont toujours présentes et parfois difficiles à différencier. Elles nous expliquent l'importance du jeu dans le développement de l'enfant, le jeu étant en quelque sorte le modèle de l'apprentissage non dirigé. Pour qu'il y ait jeu, il faut que deux conditions soient réalisées : l'autonomie du sujet par rapport au réel ou par rapport à l'adulte et une certaine incertitude dans le développement ou le résultat de l'action.

Ce qui veut dire que dans la situation de la classe, si on veut favoriser le développement de l'enfant, il faut équilibrer dans le temps les deux façons d'être face à l'environnement : apprentissage non dirigé et apprentissage dirigé. C'est la loi de l'alternance, étant entendu que dans l'une et l'autre façon c'est toujours l'enfant qui apprend.

L'enfant et les activités de la classe

A.D. – *Dans la situation de la classe, comment l'enfant va-t-il être intéressé – C'est là qu'est notre problème – par la tâche scolaire?*

Autrement dit, comment perçoit-il le sens de ce qu'on lui propose puisque c'est ce sens qui le conduit à s'engager dans l'action et par voie de conséquence à apprendre?

Dans une classe de première élémentaire, prenons une situation de nature mathématique : représenter un ensemble d'objets connus et différencier dans la représentation volumes et couleurs.

En fait, on retrouve toujours les mêmes données : le sujet, la réalité du monde matériel et la réalité des autres personnes :

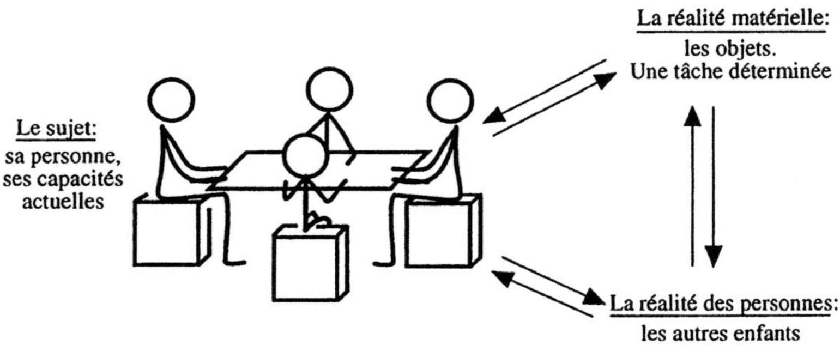

Le développement positif de la tâche, c'est-à-dire l'engagement personnel de l'enfant dans l'activité et le résultat de celle-ci, va dépendre de ces trois données et de leurs interactions :

- *Le sujet :*

  Il comprend les termes utilisés pour formuler le problème.

  Il a intégré (à travers l'action) les notions de volumes, de différences, de couleurs...

  Il a fait l'expérience des objets de la représentation ou d'objets semblables...

- *La réalité matérielle :*

  C'est la cohérence de la tâche.

  Également son intérêt immédiat, lequel dépend à la fois des activités développées précédemment et de la situation du moment.

– *Le monde des autres personnes :*
Il y a alors deux niveaux de relations :
- L'acceptation de l'adulte et de ses propositions.
- La situation de l'enfant dans le groupe : les relations présentes entre les personnages, le modèle des autres...

Le rôle de l'enseignant

A.D. – *Et l'enseignant, à quoi sert-il?*

Son rôle est essentiel mais pour le comprendre il faut le replacer dans le contexte.

En effet, le développement positif de l'activité de représentation dépend essentiellement, outre ce qu'est le sujet et ce que sont ses capacités présentes, de l'environnement au sein duquel se développe l'action. Cela nous explique l'intérêt de la tâche développée dans le groupe, si l'enfant est seul devant la tâche il n'y a que peu ou pas de motifs pour agir, il ne reste que l'impératif; ce qui, vous en conviendrez, n'est pas très motivant.

C'est donc le contexte environnemental qui conduit l'enfant à agir et à se prendre en charge. S'il conduit à agir dans une certaine direction, cela veut dire que c'est ce contexte qui donne son sens à l'activité, un contexte dont l'adulte est un élément. Mais un élément essentiel car de quelque façon que vous abordiez les choses, tout dépend de lui.

A.D. – *Comment cela?*

Tout ce qui va se passer dans la classe en général et dans le groupe d'enfants en particulier, par exemple le groupe placé devant une tâche déterminée, dépend de sa capacité de concevoir les structures matérielles et relationnelles, celle qui font faciliter l'engagement des différents protagonistes dans l'action présente.

Cela dépend également de sa capacité de proposer des situations pertinentes et de réguler – réguler signifie ajuster à la réalité – l'ensemble des interactions qui se développent dans une situation donnée.

G.L. – *C'est un rôle difficile car les communications humaines ne sont jamais simples et il est des erreurs qui peuvent perturber l'enfant de façon considé*rable.

N'exagérons rien. Le rôle de l'enseignant est difficile c'est vrai mais il est également passionnant. De toutes façons commettre une erreur n'a qu'une importance tout à fait relative, l'important est d'être capable de s'en apercevoir.

G.L. – *Le fait qu'il soit passionnant n'enlève rien à la difficulté.*

LE DÉVELOPPEMENT DE L'ENFANT SE RÉALISE DANS UN ENVIRONNEMENT

Des potentialités aux compétences

A.D. – *Le terme apprendre a été bien défini et il ne peut se comprendre qu'en replaçant l'activité de l'enfant dans son contexte. Peut-on revenir sur les produits de l'apprentissage, ceux qu'on exprime par les termes de capacités et de compétences?*

Nous l'avons dit, l'enfant arrive au monde avec un ensemble de potentialités, c'est la notion de mémoire génétique. Parmi ces potentialités, il y a des processus prédéterminés : ceux qui permettent la vie de l'être en tant qu'organisme, telle la succion, également ceux qui permettent à l'enfant d'agir : se redresser, se mettre debout, marcher, coordonner ses actions...

C'est alors l'action devant la réalité du monde présent, l'activité de l'enfant, qui va lui permettre d'actualiser ses potentialités et progressivement de les exprimer dans des actions intentionnelles. C'est l'action intentionnelle qui permet à l'enfant de se reconnaître et d'appréhender l'environnement, donc d'intégrer des informations, lesquelles, reliées entre elles, deviennent des connaissances.

Cet apprentissage de soi et du monde autour de soi se réalise de deux façons complémentaires : à travers l'apprentissage non dirigé, les aptitudes (ce qui est potentialité) deviennent des capacités et à travers l'apprentissage dirigé les capacités se transforment en compétences particulières. Ce qui se comprend mieux avec le schéma de la page suivante.

En réalité les choses ne se passent pas d'une manière absolument linéaire car les deux façons d'apprendre se développent simultanément. C'est ainsi que les compétences, tout particulièrement les compétences sociales, permettent l'expression et le développement de nouvelles capacités...

L'apprentissage produit un double phénomène : il augmente les possibilités du sujet d'agir sur le monde qui l'entoure en même temps qu'il diminue l'expression des aptitudes premières. Un exemple caractéristique : le tout jeune enfant a la possibilité d'apprendre toutes les langues parlées, aussi complexes soient-elles, mais cette faculté diminue au fur et à mesure qu'il avance en âge.

L'intérêt du modèle utilisé, outre qu'il nous permet de définir les termes, est qu'il correspond intégralement à ce que nous apprend la neurobiologie. Pour celle-ci l'apprentissage, c'est-à-dire l'intégration et la conservation des informations, est le processus par lequel certaines interactions avec l'environnement conduisent à la sélection de certains chemins stables parmi le très grand nombre de possibilités fournies au départ par le système nerveux.

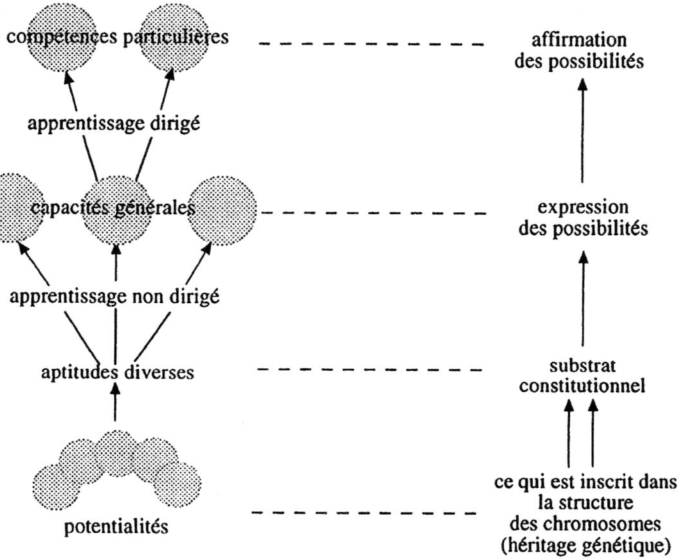

L'activité du tout jeune enfant

A.D. – *Il est vrai que l'enfant est prodigieux tant il a de possibilités d'apprentissage. Pourriez-vous dégager les principes de la connaissance?*

Pour comprendre comment l'enfant comprend, comment il apprend, il faut revenir au commencement, c'est-à-dire à l'expérience du jeune enfant. C'est à travers son action : se mouvoir, se retourner, ramper... que l'enfant fait l'exercice de ses potentialités, un exercice qui lui permet de se reconnaître agissant et par voie de conséquence d'appréhender son environnement immédiat.

Prenons un exemple : l'enfant de 8-9 mois découvre la station érigée, à genoux dressés.

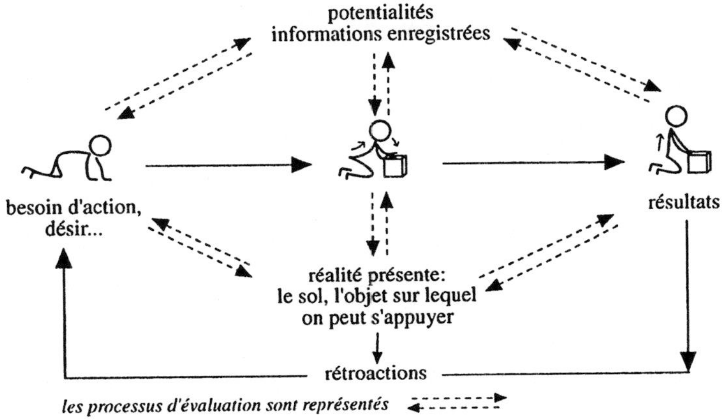

Il a déjà une certaine expérience, c'est ainsi qu'il est capable de se déplacer en rampant et même à quatre pattes. Ses déplacements le conduisent à un certain moment, celui qui j'ai choisi dans mon dessin, à rencontrer l'objet sur lequel il peut poser ses mains. La pose des mains associée au processus de redressement lui fait découvrir l'appui qui facilite le redressement et le redressement lui-même. Une expérience qu'il se plaira à répéter.

Grâce à l'information enregistrée, il se produit un assouplissement des différentes séquences dont l'ensemble compose la séquence d'actions. Cet assouplissement est facilité par la mise en jeu des processus d'évaluation qui sont inséparables de la régulation de l'action par le système nerveux.

Progressivement mais toujours à travers l'action, l'exercice de soi comme l'exercice du monde autour de soi deviennent de plus en plus précis, de plus en plus coordonnés. L'information enregistrée retentit dans tous les cas au niveau du Moi qui s'enrichit de structures nouvelles qui viennent compléter et renforcer les structures existantes.

Modèle général du développement de la personne

G.L. – *Et chez l'enfant plus grand?*

Le processus est le même car il correspond au mode de fonctionnement du système nerveux central, or l'apprentissage donc la connaissance est une propriété du système nerveux.

Le facteur qui va permettre le développement de la personne et de ses connaissances est essentiellement l'engagement personnel dans l'action ou dans la communication qui s'établit avec la réalité présente.

Puisque c'est le même processus, il nous faut utiliser le même schéma :

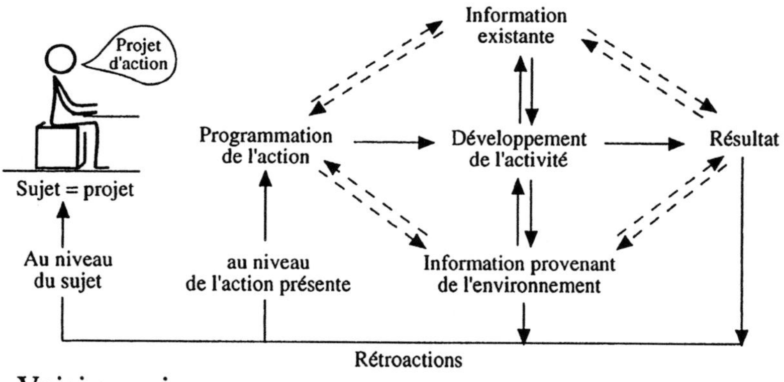

Voici ce qui se passe :

- Le sujet a fait sien un projet; c'est la notion d'unité sujet-objet dans la motivation.
- Pour actualiser son intention, il (son système nerveux) organise dans une séquence temporelle les informations et schémas disponibles en relation avec ce qu'il doit faire pour réaliser le projet; c'est la programmation de l'action.

  Cette programmation implique une mobilisation de l'être tout entier et se traduit dans un certain état de tension.

– Puis le sujet s'engage dans l'activité, ce qui le conduit à confronter et à ajuster en permanence deux sortes d'informations : l'information existante, ce qui est inscrit dans la mémoire du système nerveux et celle qui lui provient du milieu : l'espace d'action, les objets, les autres...

  C'est cette recherche active de l'information et son ajustement à la réalité présente qui permettent la succession des actes dont l'ensemble compose la séquence d'actions et ce quelle que soit la nature de l'action.

– Une action qui transforme quelque chose ou qui produit quelque chose; c'est le résultat de l'action.

En réalité le développement de l'action, de l'activité n'est jamais un processus linéaire. En effet, les informations sont non seulement comparées entre elles mais elles sont également, consciemment ou non, reliées au projet général comme aux résultats successifs; ce sont les processus d'auto-évaluation.

Enfin, la recherche active de l'information associée à l'auto-évaluation et à la réflexion sur le résultat de l'action enrichissent la personne du sujet d'informations nouvelles, de connaissances et d'un vécu nouveaux. C'est la notion fondamentale de rétroaction.

Illustration du modèle

A.D. – *Comme vous l'avez fait pour le jeune enfant, voulez-vous nous donner un exemple concret avec l'enfant dans la situation de la classe, tout particulièrement en ce qui concerne la programmation de l'action?*

Revenons à la situation scolaire utilisée pour illustrer l'engagement de l'enfant dans l'activité : représenter un ensemble d'objets connus et différencier dans la représentation volumes et couleurs.

Si le processus est toujours le même, il varie cependant avec la nature de l'activité :

- L'enfant est devant un projet déterminé et il est d'accord, il l'a fait sien. D'autant plus d'accord que des projets pertinents il a parfois du mal à en imaginer lui-même.
- Avant de commencer à tracer il doit prévoir ce qu'il va faire, c'est la programmation; il se remémore les représentations réalisées antérieurement et il s'efforce de les faire concorder avec la situation nouvelle.
- Les choses n'étant pas nécessairement évidentes, il recherche l'information autour de lui. Pour ce faire il regarde ce que font les autres et quelle est leur solution, ce qui le conforte dans son projet ou le conduit à le modifier.

  Il peut également discuter avec l'autre, avec les autres, pour compléter son information.

  Et s'il n'a pas de solution personnelle, il peut toujours adopter celle de l'autre. Elle devient alors la sienne...
- La solution étant adoptée il commence à représenter graphiquement les différents objets de l'ensemble.

  Tout en traçant il compare sa production avec la réalité de l'objet mais aussi à la façon dont les autres la représentent...
- Arrive le moment de la vérification, celui où l'enseignant intervient. Il est bien obligé d'évaluer la valeur représentative de son graphisme, donc de s'évaluer lui-même.

Finalement qu'il ait réussi à différencier en les symbolisant l'ensemble des objets proposés ou qu'il n'ait pas réussi pleinement, l'activité lui aura apporté quelque chose, c'est-à-dire que son système nerveux se sera enrichi d'informations et de connaissances nouvelles.

Les conditions de rétroactions positives

A.D. – *Ce qui est essentiel ce n'est pas tant la réussite que les informations apportées en retour.*

Quelles sont alors les conditions pour que se développent des rétroactions positives?

Ne me faites pas dire ce que je n'ai pas dit. La réussite est une chose importante car elle répond à un besoin, celui d'évaluation positive de soi. C'est nous les adultes qui ne devons pas être obsédés par la réussite de l'élève.

Mais revenons à ce phénomène essentiel qu'est l'information en retour. Pour que se développent des rétroactions positives, il importe qu'un certain nombre de conditions soient réalisées; il faut essentiellement que :

- Le sujet adhère au projet, qu'il le fasse sien. Ce qui implique que l'activité proposée ait une signification, du moins un intérêt immédiat.
- Il existe de l'information dans l'environnement : des objets, des modèles, des références...
- L'activité soit à la portée du sujet. Également que celui-ci ait un certain effort à faire pour développer le projet.
- L'enfant soit autonome dans la réalisation du projet.

Si le résultat ne correspond pas strictement à la définition du projet ou à ce que nous souhaitons, cela n'a qu'une importance relative. Ce qui est important est qu'il y ait un résultat. Et pour cela le sujet doit percevoir les limites de son action, ce qui veut dire qu'il doit reconnaître la réalité, la réalité matérielle et celle des autres personnes.

Ces différentes conditions sont donc liées au milieu au sein duquel l'activité s'exprime et à la personne de l'adulte qui régule les interactions sujet-environnement.

L'ENVIRONNEMENT DE LA CLASSE, COMME UN ENSEMBLE DE CHAMPS DE FORCES

La motivation : un ensemble de facteurs

G.L. – *La signification, l'intérêt, les modèles, les références, l'enseignant... constituent donc des facteurs qui conduisent l'enfant à s'engager dans l'action mais qui peuvent aussi agir en sens contraire. Est-ce qu'on peut maîtriser toutes ces forces?*

Sans utiliser le terme, vous posez le problème de la motivation et constatez que ce n'est pas une donnée aussi simple que voudraient nous le faire croire les manuels de pédagogie. La motivation est l'ensemble de motifs, c'est-à-dire des forces, qui conduisent le sujet à agir, à se prendre en charge et à réguler son activité dans une situation déterminée.

Revenons au modèle précédent. Pour que l'élève dans la classe recherche activement l'information, la compare avec l'information existante, pour qu'il évalue son action par rapport à celle des autres..., il faut qu'il se sente concerné.

C'est parce qu'il aura le sentiment d'être concerné qu'il adhérera au projet et s'engagera dans l'activité. Un sentiment est nécessairement quelque chose de personnel et ne peut être conditionné puisqu'il est le résultat d'une situation vécue. C'est pourquoi ce sentiment d'être concerné est inséparable :

- de la disponibilité du moment, elle-même liée au sentiment de sécurité dans lequel se trouve le sujet;
- du sentiment d'être responsable de son action et nous savons qu'il n'est de responsabilité sans autonomie.

La notion de champs de forces

Ces sentiments – de sécurité, d'être concerné, d'être autonome – sont le produit d'une situation générale, celle au sein de laquelle l'activité s'exprime. Cette situation générale constitue un ensemble de forces que l'on peut symboliser dans un modèle graphique qui vient compléter le précédent :

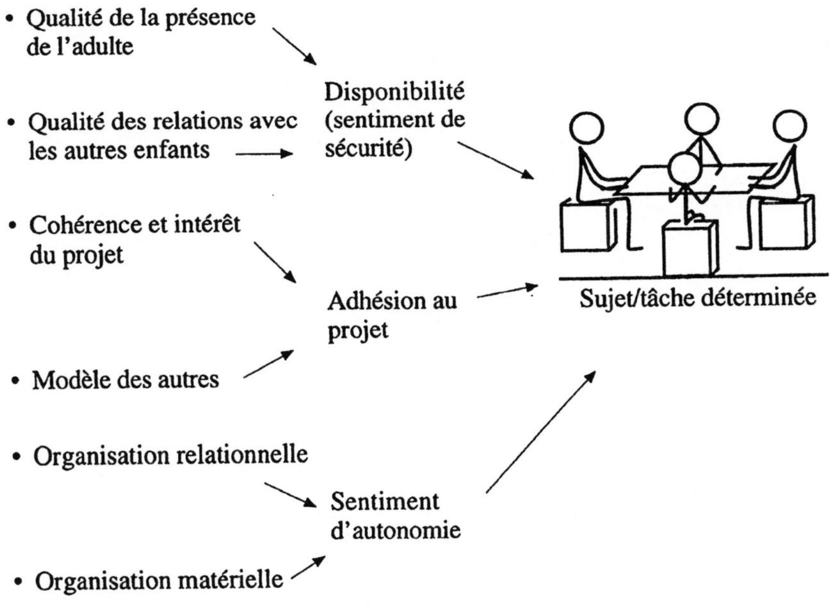

Chacun de ces facteurs : l'adulte, les autres enfants, la cohérence de la tâche... constituent un champ de forces pour utiliser l'expression de K. Lewin et ce sont ces forces, qui peuvent s'additionner ou se contrarier, qui vont déterminer et moduler l'engagement du sujet et le développement de l'activité présente.

L'enseignant au sein de ces champs de forces

A.D. – *Et l'enseignant dans ce flot de motifs, d'interactions, d'interrelations... il est celui qui tient la barre?*

Effectivement, il est bien plus qu'un élément car si vous analysez les différents facteurs, vous vous rendez compte qu'ils sont tous sous sa responsabilité. Ce qui veut dire que ce qui se passe dans l'ensemble-classe dépend essentiellement de lui, de sa façon d'être et de comprendre l'action et la relation éducative, de sa capacité de concevoir l'environnement autour de l'enfant.

G.L. – *Cela pourrait être la définition de l'«enseignant idéal». L'enseignant ne pense-t-il pas trop souvent qu'il a un rôle à jouer à court terme? Est-ce qu'il n'est pas aveuglé par le souci d'obtenir des résultats immédiats? À l'école élémentaire, la classe unique n'est peut-être pas la plus mauvaise solution, qu'en pensez-vous?*

L'enseignant est une personne humaine, donc il ne peut pas être idéal, fort heureusement. Ce qui est certain c'est que dans la situation habituelle il est souvent obsédé par le désir d'obtenir des résultats immédiats alors qu'on sait fort bien que l'action éducative est un processus qui se développe dans le temps.

Pourquoi obtient-on des résultats très semblables dans les classes composées d'enfants d'âges différents et dans les classes contrées sur une tranche d'âge? Tout simplement parce que dans la classe unique, l'adulte est obligé de faire confiance à l'enfant et de lui accorder, du moins à certains moments, l'autonomie.

G.L. – Qu'est-ce que l'action éducative?

Une synthèse des forces en présence orientée par le projet de l'école et celui de telle ou telle classe en particulier.

CHAPITRE II

LE DÉVELOPPEMENT DES DIFFÉRENTS LANGAGES

COMMUNICATIONS ET LANGAGES

Nécessaires définitions

G.L. – *En pédagogie, comme en psychologie sans doute, il y a des modes. Actuellement le terme-clé est communication.*

Et les termes annexes sont langue, langage, expression. Tout en faisant la même chose, de la même façon, on ne parle plus, on ne dessine plus... on s'exprime. Les manuels de lecture sont devenus des ouvrages sur la communication écrite; pour réactualiser le système, on adopte les termes.

A.D. – *Voulez-vous nous aider à replacer les choses?*

En psychologie, la notion de communication n'est pas une mode, il s'agit de tout un courant de pensée qui a pris naissance en Amérique du Nord, dans les Universités de la côte ouest et qui depuis quelques années influence les sciences de l'homme en France et en Europe occidentale. Ce courant a pris naissance à partir de cette constatation d'évidence que de la même façon qu'une phrase n'a de sens que dans le contexte d'où elle a été extraite, une action, un comportement n'ont de signification que dans le contexte social où ils ont pris naissance.

Pour être honnête, la psychologie n'a pas encore totalement intégré cette notion fondamentale, il lui faut du temps. Quant à la pédagogie, le fait de renouveler les termes ne prouve en aucune façon qu'on a modifié quelque chose dans les façons de penser.

Quand on parle de communications et de langages, il faut avoir présent à l'esprit que la communication désigne l'ensemble des échanges entre l'être et son milieu et que les langages constituent le moyen de ces échanges.

Ce n'est peut-être pas une mauvaise chose de rappeler les définitions essentielles, celles qui sont admises par tous :

- Le langage est l'ensemble des signes, c'est-à-dire ce que l'on perçoit, qui caractérise tel ou tel médium de communication. La langue est le langage oral et écrit propre à la culture.
- On sait depuis toujours mais on insiste actuellement sur le fait que, pour transmettre une information, l'être humain dispose d'un ensemble de moyens, donc d'un ensemble de langages : les gestes, le dessin, le symbole, les signes sonores du langage oral, ceux du langage écrit...
- L'information reçue, c'est-à-dire ce qui est perçu et compris, est toujours une composante car elle découle de l'analyse, on dit aussi du décodage, d'un ensemble de signes émanant de langages différents. C'est ainsi que, dans le dialogue avec l'autre, paroles et attitudes sont indissociables.
- Cette information reçue, plus précisément ce qui a été compris, retentit sur l'interlocuteur et conditionne sa réponse, laquelle à son tour modifie le locuteur...
- Lorsque les différents médiums utilisés pour transmettre une information ne veulent pas dire la même chose, le message est déformé; c'est la notion de communication paradoxale.

LE LANGAGE DU CORPS ET DE L'ACTION, PREMIER MÉDIUM DE COMMUNICATION AVEC L'ENVIRONNEMENT

La nature corporelle des premiers échanges

A.D. – *Comment se développent les différents langages? Ils sont très différents les uns des autres. Qu'ont-ils en commun à part le fait d'exprimer quelque chose?*

Le développement de l'enfant en tant qu'être social peut être défini comme une organisation et une structuration progressives des différents échanges avec son milieu, soit, des différents médiums de communication.

Les premiers échanges, ceux qui s'expriment dès la naissance entre la mère et l'enfant, sont de nature essentiellement corporelle : le contact, la chaleur, les odeurs, le regard... et on sait que ces communications ont une signification affective en relation avec le sentiment de sécurité lié à la présence.

Grâce à cette relation sécurisante, l'enfant va exprimer activement son désir profond et exercer ses possibilités d'action. C'est ainsi qu'il va faire l'exercice de ses propres éléments corporels, lequel va le conduire aux premières rencontres avec l'objet. Si ces premières communications avec la réalité du monde ont encore une signification affective – le bon et le mauvais objet au sens freudien du terme – elles vont prendre progressivement, grâce à l'acquisition de la station érigée qui libère le bras, et à la marche qui introduit l'enfant dans l'espace, une signification de connaissance puisque c'est le fait d'agir sur l'objet qui conduit à la notion d'objet.

Dans ces investigations de l'enfant au sein du monde qui l'entoure, les actions se succèdent dans des séquences de posture-mouvement, posture-mouvement... dont l'ensemble constitue l'activité. Elles sont non seulement le moyen d'affronter et de connaître la réalité mais aussi le moyen essentiel d'aborder et d'établir le dialogue avec l'autre enfant. On a mis en évidence qu'il existe des séquences d'échanges caractéristiques, lesquelles s'expriment dans des comportements qui ont valeur de message puisqu'ils sont compris par l'autre : offrande, menaces, apaisement, agression, canalisation de l'agression...

Ce langage corporel possède alors deux significations à la fois différentes et complémentaires : affective et sémantique. La signification affective est perçue à travers un ensemble de signes ayant une signification générale : les attitudes, les postures, les mimiques... qui expriment les sentiments et les émotions mais aussi les désirs conscients ou inconscients. Quant à la signification sémantique ou informative, elle est évidemment liée aux gestes et à l'orientation de l'activité.

A.D. – *Mais le jeune enfant parle en même temps qu'il agit. Quelle est l'importance relative des deux langages : corporel et verbal?*

Certes, mais ce n'est pas tant la parole qui est comprise que le langage du corps et de l'action. Sur la plage vous avez vu jouer ensemble des enfants de nationalités différentes, bien que la langue maternelle ne soit pas la même ils se comprennent parfaitement.

Le langage corporel

En réalité, le langage verbal est issu du langage du corps et de l'action, ce que reconnaît actuellement le psychologue américain J.S. Bruner. Personnellement, je l'exprime de la façon suivante.

Le langage de l'action possède une organisation syntaxique qui préfigure et conditionne celle du langage verbal.

La séquence d'actions se présente toujours en trois moments successifs : la programmation, le développement de l'action et la réflexion consciente ou inconsciente sur le résultat; ce qui correspond, nous l'avons dit , au fonctionnement du système nerveux. Ce développement de l'action peut s'exprimer en termes de psycholinguistique : dans toute situation, il y a toujours le sujet, ce qu'il fait, c'est-à-dire le verbe et le complément qui peut être d'action, de lieu, de circonstance... Il y a donc identité entre la séquence d'actions et la phrase dans le discours verbal. Une identité qui se comprend d'autant mieux que le projet général du langage verbal est d'exprimer l'activité humaine et qu'il convient de développer :

- L'activité en relation avec l'objet est essentiellement transitive mais le langage du corps possède également des aspects intransitifs puisque la façon d'être, les sentiments, s'expriment dans les postures et les attitudes.
- On trouve dans le langage corporel les mêmes modes qu'au sein du langage verbal : l'impératif qui ordonne ou conseille, l'indicatif qui oriente, le subjonctif qui marque les actions soumises aux sentiments et à la liberté.

G.L. – *Un subjonctif aussi difficile à utiliser dans un langage que dans l'autre.*

Bien d'accord, mais il nous faut poursuivre la mise en parallèle. En effet, comme il possède une syntaxe, le langage corporel possède un vocabulaire. Celui-ci est constitué par l'ensemble des signes et des codes en relation avec l'objet et ses possibilités, par les schémas d'action impliqués par la pratique de telle ou telle activité précise... Ces éléments de vocabulaire peuvent être spontanés et personnels ou appris.

L'analogie reste évidente au niveau de la phrase. C'est en effet la construction de la phrase, autrement dit de la séquence d'actions, qui permet de mettre en valeur l'idée, le sentiment. Étant entendu que le langage corporel possède également des phrases affectives, celles où l'on n'agit pas mais où l'on ressent et c'est ce vécu qui s'exprime dans les attitudes et les gestes.

Par ailleurs, si le langage du corps s'exprime avant tout dans le présent, il possède un futur : la programmation de l'action; également un passé représenté par l'ensemble des expériences vécues et enregistrées à la fois dans la mémoire du système nerveux et dans celle des moyens de l'action. Ce passé peut s'exprimer spontanément dans certaines circonstances mais aussi sous des formes socialisées dont l'exemple est l'expression corporelle.

Sans doute la syntaxe est-elle plus floue car les règles en sont personnelles et le vocabulaire moins précis que dans le langage oral et écrit qui obéit à des règles sociales, il n'en reste pas moins que le langage corporel est toujours présent. Il sous-tend toutes les activités humaines de quelque nature qu'elles soient et il est, à tous les âges de la vie, le moyen fondamental de s'exprimer et d'affirmer la présence.

A.D. – *Vous nous avez fait percevoir comment le langage corporel prélude et conditionne l'acquisition du langage verbal. Et les autres médiums de communication comment s'élaborent-ils et comment s'articulent-ils les uns par rapport aux autres?*

Il se construisent et se diversifient à partir du langage du corps et de l'action qui constitue le tronc commun aux différents médiums de communications.

LE DÉVELOPPEMENT TEMPOREL DES LANGAGES SOCIALISÉS

Émergence et développement des différents langages

Grâce à l'activité corporelle et sur ce langage du corps qui constitue le soubassement de toutes les communications humaines, vont émerger progressivement et se développer des échanges de plus en plus socialisés qui s'expriment à travers des médiums de plus en plus opérationnels.

Ainsi au cours de ses interactions avec les objets, l'enfant va découvrir l'outil qui trace et que si la trace est un produit de l'action elle a un caractère qui la rend différente : elle subsiste. Une découverte qui le conduit à expérimenter et à exercer le langage graphique, celui qui permet, avant le langage verbal, d'exprimer les formes, les couleurs, les premières connaissances. Et ce langage graphique, comme le langage corporel, possède une double signification : affective, c'est la couleur, et sémantique, c'est la trace.

Revenons à la construction de la langue. Dans le même temps où l'enfant communique corporellement avec les personnes et les objets qui constituent son monde, le langage verbal qui était à l'origine un fond sonore, une musique d'ambiance accompagnant les interactions mère-enfant, va être reconnu comme ayant des significations et l'enfant va exercer ses propres potentialités. Progressivement, il va comprendre ce que dit l'autre et devenir à son tour capable de se faire comprendre à travers l'expression verbale. Il existe encore deux significations dans ce langage verbal : une signification affective, c'est la tonalité de la parole, la mélodie de la phrase et une signification sémantique qui est le sens des mots et leur organisation séquentielle dans la phrase. Étant entendu que les deux significations sont étroitement imbriquées et que leur compréhension est liée à la communication qui s'établit par ailleurs sur le plan tonico-gestuel.

Puis, en relation avec la société et sa culture, l'enfant va se voir obligé d'intégrer le langage écrit, lequel va se différencier en deux modèles : linguistique et logicomathématique. Toujours en relation avec l'environnement immédiat et celui de la société, il va découvrir et faire l'expérience des langages symboliques, des activités d'expression... ces langages et activités se traduiront dans des médiums également très socialisés, tel le langage musical.

L'ENSEMBLE DES LANGAGES HUMAINS[3]

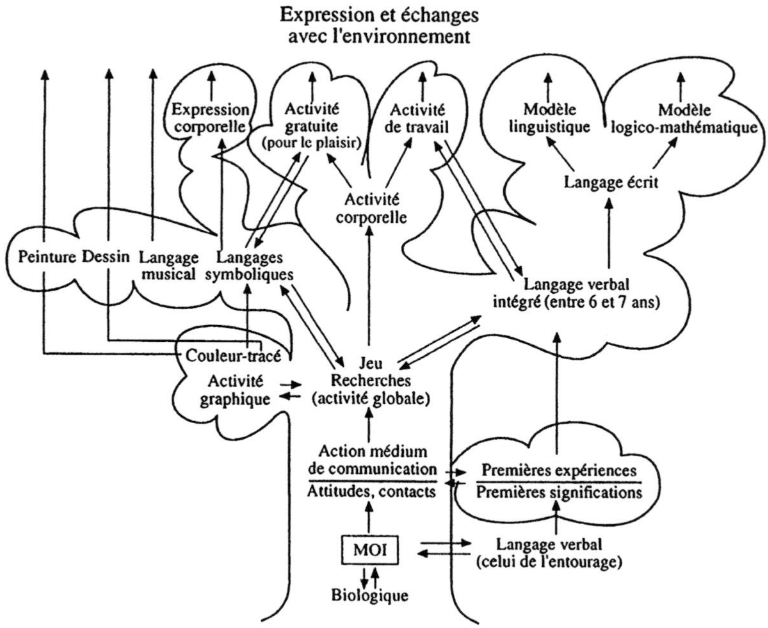

3 Dans *"Comment l'enfant apprend"*. Sherbrooke, GGC. Éditions, 1997.

Pour résumer et synthétiser cette organisation temporelle des différents médiums de communication, j'ai imaginé un schéma, celui de l'arbre dont le tronc représente le langage du corps et l'action. Il n'est pas seulement symbolique, scientifiquement parlant il est exact.

G.L. – *À l'école les différents langages sont utilisés les uns après les autres, à des moments précis déterminés par l'emploi du temps.*

C'est bien le problème ou plutôt un problème parmi les autres. On pense qu'en éduquant séparément les différents moyens de l'action, le sujet finira par en faire la synthèse; c'est encore aujourd'hui la vénérable théorie des facultés qui expliquait l'être humain par la juxtaposition de capacités différentes.

L'unité fonctionnelle de l'être

Actuellement toutes les sciences de l'homme s'accordent pour reconnaître que nous sommes un ensemble de systèmes, c'est-à-dire de réseaux de communication ouverts sur le monde et intégrés dans une unité fonctionnelle indissociable.

Pour répondre plus précisément à votre observation ce ne peut être l'emploi du temps qui détermine l'usage privilégié de tel ou tel médium de communication, ce sont les circonstances.

A.D. – *Voulez-vous développer cette notion d'unité fonctionnelle?*

Puisqu'on appelle langage la faculté que possède l'être humain d'élaborer des systèmes de signes distincts correspondants à des idées distinctes et permettant d'échanger des informations, celui-ci ne dispose pas d'un langage, le langage verbal, pour communiquer avec ses semblables mais d'un ensemble de médiums étroitement liés les uns aux autres et possédant une double signification, affective et sémantique.

Quelle que soit sa nature, le langage, en tant que moyen d'échange d'informations entre les personnes, ne peut émerger et se développer que dans le monde de la communication, il est inséparable du contexte relationnel et social. Ce qui nous ramène à l'école et à sa compréhension des phénomènes : ce ne sont pas les structures formelles de la langue qui sont premières, ce sont les échanges, les communications que celle-ci permet d'exprimer.

Les différents médiums que nous avons différenciés pour les besoins de l'exposé se développent en s'appuyant les uns sur les autres en relation avec la maturation neurobiologie et l'organisation fonctionnelle du système nerveux. Ce tronc commun constitué par le langage du corps et de l'action nous explique que sous l'extrême diversité des langues humaines, l'analyse linguistique en profondeur révèle un dénominateur commun à toutes les langues; c'est la notion d'universaux linguistiques de l'américain N. Chomsky.

LE CAS PARTICULIER DU LANGAGE VERBAL

Les étapes du développement

G.L. – *La connaissance de la langue constitue l'objectif privilégié de l'école. La langue est à la fois matière scolaire, moyen et objectif. Pouvez-vous nous faire une synthèse des connaissances actuelles en ce qui concerne l'évolution du langage verbal chez l'enfant?*

Le langage verbal n'est qu'un moyen, parmi les autres, de communication de l'enfant avec son entourage mais un «moyen essentiel» car il est valorisé non seulement par l'école mais aussi par tout le contexte culturel. Toutefois, pour comprendre son développement il faut avoir présent à l'esprit qu'il est une autoconstruction se réalisant dans un environnement social, ce qui explique sa dépendance par rapport à celui-ci. Également que son organisation et sa structuration sont inséparables de l'ensemble des médiums sur lesquels il s'appuie.

C'est ainsi qu'il est d'abord corporel avant d'acquérir une structure relativement indépendante :

- Les premières manifestations sont toniques (cris, émissions buccales exprimant la satisfaction ou la non-satisfaction).
- Puis il devient gestuel, c'est l'exercice des organes phonétiques.
- Avant d'être différencié et utilisable pour exprimer quelque chose.

Vous savez combien sont nombreuses les études sur le développement psychogénétique du langage verbal. Pour moi, une des plus intéressantes, car exprimée dans un langage simple, est celle du neurophysiologiste russe A. R. Luria dont les travaux sont bien connus en Amérique du Nord.

Pour cet auteur, le langage verbal, avant de devenir un processus neuropsychologique – parmi les autres, il faut le répéter – capable de sélectionner l'information pour orienter la conduite, passe par un certain nombre d'étapes :

- Chez le tout jeune enfant, avant 3 ans, l'adulte peut initier l'action de l'enfant à partir du langage verbal, mais seulement dans des conditions très habituelles; par exemple : *"Viens ici"*, *"Donne la main"*... Il ne peut pas réguler l'action à partir de son langage si l'enfant a déjà entrepris autre chose. Cela signifie évidemment que, à cette période, c'est le langage corporel qui permet et régule les interactions enfant-environnement.

De la même façon s'il se passe quelque chose immédiatement après la stimulation verbale de l'adulte, le comportement de l'enfant ne se conformera pas au langage verbal. En revanche, une attitude ou un regard associés au langage, auront eu cet effet régulateur.

Pour nous résumer, chez le tout jeune enfant, le langage de l'adulte peut déclencher l'action mais il ne peut en contrôler le déroulement car ce contrôle nécessite un feed-back qui n'existe que sous les formes toniques et tonicogestuelles liées aux situations vécues.

A.D. – *Voudriez-vous illustrer par des exemples?*

Quel que soit le langage utilisé, l'enfant en comprend d'abord la signification affective avant d'en comprendre la signification sémantique. Dans le dialogue affectif de la mère avec son enfant, celle-ci pourrait dire n'importe quoi car ce ne sont pas les paroles qui importent, c'est la tonalité douce et mélodieuse de la voix. Lorsque l'enfant est plus grand et imagine un jeu dangereux, l'interdiction exprimée dans la même tonalité ne sera pas perçue comme interdiction alors que si le père, par exemple, intervient avec les mêmes termes, mais sur un ton apparemment fâché, l'enfant comprendra immédiatement que quelque chose ne va pas dans la communication présente.

– C'est entre 3 et 4 ans que le système d'initiation verbale s'établit. Le langage de l'adulte peut alors initier l'action de l'enfant, il peut même la contrôler dans une certaine mesure. Toutefois ce même langage de l'adulte ne peut encore inhiber l'activité; tout ordre tel que “ne fais pas...” ayant un effet d'excitation et non d'inhibition sur le comportement de l'enfant.

  À cette période, comme à la précédente, c'est encore l'aspect tonique du langage qui régule l'action et cela bien que l'enfant comprenne le sens de ce qu'on lui demande. Ce qui déroute l'adulte qui peut déclencher l'action à partir de la parole mais qui ne peut l'inhiber à partir de cette même parole.

- À partir de 4 ans, l'enfant devient progressivement capable d'initier et d'inhiber sa réponse à partir de la stimulation verbale de l'adulte. L'enfant alors ne se trompe pas, il peut même exprimer exactement ce qu'il doit faire ou ne pas faire.

  En relation avec l'activité entreprise, il devient capable de substituer son propre langage à celui de l'adulte pour initier son activité mais il ne peut pas encore l'utiliser pour l'inhiber.

  Le rôle du langage verbal en tant que régulateur de l'action est donc intégré mais seulement dans sa dimension tonique. Alors que, sur le plan spécifiquement verbal, l'enfant est déjà capable de performances remarquables; c'est l'étape des questions incessantes.
- Entre 5 et 6 ans, le sens des mots étant intégré grâce à l'expérience personnelle, la régulation sémantique se substitue progressivement à la régulation tonique.
- À partir de 6-7 ans, le langage verbal devient le langage intérieur, le soubassement de la pensée, celui qui permet de formuler, de planifier et de diriger l'action. Il permet dès lors la régulation du comportement à partir de pensées traduites en règles de conduite puis en actions intentionnelles avec les rétroactions qu'elles provoquent.

A.D. – *Donc nous pensons essentiellement grâce au langage verbal.*

Le langage verbal permet de formuler la réflexion intérieure ou de l'exprimer mais la pensée est beaucoup plus vaste, elle est tout ce qui s'affiche en mémoire et qui permet le va-et-vient des sentiments, des images...

D'une façon toute récente (1996) nous avons élaboré un modèle d'observation des capacités chez les enfants de 5 à 7-8 ans, lequel n'implique pas, comme les tests psychologiques classiques, l'usage du verbe. On peut ainsi observer les capacités actuelles des enfants handicapés tels les sourds. Or, ceux-ci construisent leur personne, leurs connaissances et leurs capacités comme les autres enfants (observation d'enfants physiologiquement sourds vivant avec des parents sourds). Avec quoi pensent-ils?

Implications éducatives

A.D. – *Eh bien, voilà une étude qui ne manque pas de retombées pédagogiques! Voudriez-vous en faire vous-même l'inventaire?*

J'ai exprimé la connaissance actuelle mais il faut dire "*cette connaissance devrait provoquer une réflexion chez ceux dont le métier est d'enseigner*". Personnellement je retiendrai quatre points qui relèvent autant du bon sens que de la connaissance scientifique.

Tout d'abord, le langage verbal ne peut émerger, se développer et se structurer que dans le monde de la communication, étant entendu que c'est l'enfant qui construit son langage et qui l'ajuste progressivement à celui de son entourage. Ce qui signifie que si l'enseignant veut faciliter le développement du langage oral dans la classe il faut parler, certes, mais il faut surtout avoir quelque chose à dire, ce qui implique qu'il y ait des interactions et des interrelations dans cette classe.

Le second point concerne les problèmes de communication. Nous avons dit que toutes les émotions, tous les sentiments, mais aussi tous les désirs conscients ou inconscients, bref tout ce que nous sommes, s'expriment dans les attitudes et les gestes, dans les actions et les réactions. Or, ces attitudes, ces gestes ou ces actions ne sont pas nécessairement en relation avec les comportements verbaux qui les accompagnent. En effet, si la parole peut faire connaître les sentiments ou les désirs, elle peut également être utilisée pour tenter de les masquer ou pour les transformer.

On sait que lorsqu'il existe des dissociations dans les langages utilisés, le message qu'on veut faire passer est mal interprété, cette discordance dans le discours est perçue par l'autre et elle provoque un ensemble de réactions liées à la non-communication; c'est la communication paradoxale. Il faut convenir que dans le monde de la classe, l'adulte n'est pas toujours authentique et que dans la formation professionnelle des enseignants le problème du développement de la personne n'est même pas abordé.

Le troisième point nous explique les difficultés que nous rencontrons pour exprimer l'unité fonctionnelle de l'être. Le langage verbal est un produit de la société et de sa culture en même temps qu'un moyen d'accès aux valeurs de la société. Ce qui caractérise les langues utilisées dans nos sociétés occidentales, et tout particulièrement dans nos sociétés latines, est qu'elles sont – en relation avec leur histoire – profondément marquées par le dualisme du corps et de l'esprit.

Nous sommes donc conditionnés, du fait de la langue, à penser et à nous exprimer en termes dualistes. Ce dualisme de la langue nous explique les difficultés de la psychologie mais surtout de la pédagogie qui identifie la parole et la connaissance des choses. En réalité, la parole en soi n'est qu'un ensemble conventionnel de signes sonores ou graphiques, elle n'est pas la connaissance. Elle permet effectivement de transmettre ou de conserver l'information, la connaissance, mais pour qu'il y ait connaissance véritable, il faut qu'il y ait action, c'est-à-dire engagement personnel dans la relation au monde.

La quatrième observation met en évidence que ce qui s'oppose à l'évolution de l'école est le désir de l'adulte d'avoir un enfant conforme à ce qu'il souhaite. C'est un fait connu, les parents mais aussi certains enseignants veulent que l'enfant apprenne à lire le plus tôt possible.

Puisque le langage oral n'est intégré dans ses deux dimensions, tonique et sémantique, qu'entre 6 et 7 ans chez la majorité des enfants, c'est un non-sens de vouloir à toutes forces transposer la langue orale en langue écrite avant cette période. Par ailleurs, on sait fort bien que c'est à 7 ans que les capacités d'organisation et de structuration spatiotemporelle impliquées par l'apprentissage de la langue écrite sont acquises chez la majorité des enfants. C'est pourquoi dans certaines sociétés, en Suède et en Suisse par exemple, l'apprentissage de l'écriture-lecture intervient seulement à partir de 7 ans.

CHAPITRE III

L'APPRENTISSAGE EST UNE PROPRIÉTÉ DU SYSTÈME NERVEUX

L'HISTOIRE DES ÉCHANGES SUJET-ENVIRONNEMENT N'EST RIEN D'AUTRE QUE L'HISTOIRE DE L'ORGANISATION FONCTIONNELLE DU SYSTÈME NERVEUX

G.L. – *Dans les entretiens précédents, vous avez tendance à affirmer car vous appuyez vos affirmations sur l'organisation et le fonctionnement du système nerveux.*

On ne peut pas parler du développement de l'enfant et son apprentissage du monde sans faire référence au système nerveux qui coordonne et ajuste tous les systèmes d'information et d'action. C'est ainsi que l'intégration des informations et des connaissances obéit à des lois, les lois de l'apprentissage, qui sont bien connues des scientifiques mais, hélas fort peu du système éducatif.

Ce qu'on exprime en termes de psychologie : actualisation des potentialités, auto-élaboration, développement des capacités d'organisation de soi et du monde autour de soi... ne peut se comprendre que parce que les actions, interrelations du sujet avec son environnement son régulées par le système nerveux. En d'autres termes, l'évolution comportementale, c'est-à-dire ce que nous percevons, est étroitement liée à l'organisation et à l'évolution du système nerveux, un système nerveux qui en même temps qu'il développe ses propres structures (myélinisation, organisation synaptique...) régule les activités et intègre en mémoire les informations issues des interactions sujet-environnement.

A.D. – *Il y a donc des relations entre ce qu'est l'environnement et ce que va être le système nerveux du sujet qui vit dans cet environnement.*

Non seulement il y a des relations, il y a une identité structures environnementales-structures du système nerveux qui a été soulignée par les chercheurs soviétiques et reprise en France par H. Laborit. Le système nerveux étant par nature un système autorégulateur, son développement et son organisation fonctionnelle sont inséparables de l'environnement.

LE SYSTÈME NERVEUX, UN SYSTÈME QUI FONCTIONNE GLOBALEMENT

Illustration : la régulation de l'équilibre corporel

A.D. – Voulez-vous reprendre ces notions d'auto-organisation et d'autorégulation et les illustrer avec un exemple concret?

Prenons un modèle de compréhension relativement simple, celui de la régulation de l'équilibre corporel.

Le système nerveux possède une structure matérielle décrite par la neuro-anatomie, laquelle structure matérielle possède des propriétés qui sont l'objet de la neurochimie, de la neurobiologie et de la neurophysiologie. Ce qui nous intéresse, car c'est cela qui nous permet de comprendre, est que cette structure matérielle est porteuse d'informations. C'est ainsi que le système nerveux central est informé en permanence sur les variations du milieu interne comme sur celles du monde extérieur. C'est cette information, plus précisément son interprétation, qui permet au système nerveux central d'ajuster en permanence les actions et interactions du sujet avec son environnement.

La régulation de l'équilibre est un exemple intéressant en ce sens que si elle est le modèle même de l'autorégulation, elle peut également dans certaines circonstances faire intervenir la conscience du sujet.

Le SNC[4] perçoit la situation du moment, l'équilibre du corps, grâce à un ensemble d'informations qui le renseignent à la fois sur l'équilibre du corps et sur les variations qui se produisent dans le milieu :

- Les sensations labyrinthiques informent sur la position de la tête. On sait que le regard doit être maintenu horizontal.
- Les sensations kinesthésiques donnent la situation des éléments corporels dans l'espace.
- Les sensations plantaires renseignent sur les déplacements du centre de gravité.
- Les sensations visuelles interviennent surtout pour prévenir l'accident mais apportent également une information globale sur l'environnement...

L'information est sélectionnée par le SNC qui ne retient que ce qui est important, elle est analysée et traduite en réponses : l'activité tonicoposturale. Cette activité est variable et fluctuante, en relation avec son projet : maintenir l'équilibre corporel. On peut alors traduire tout cela dans un schéma :

---

4 Système nerveux central.

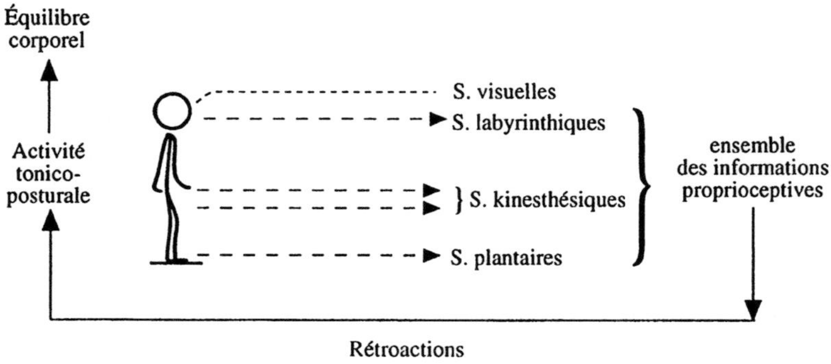

Autorégulation et intervention

Ce qui est vrai pour l'équilibre corporel est vrai de la même façon pour toutes les fonctions qui permettent au sujet d'agir sur l'environnement ou de s'ajuster à cet environnement. Le SNC est un système qui fonctionne globalement, il organise toute l'information suivant ses priorités et c'est le traitement, c'est-à-dire la réorganisation de l'information qui lui donne sa signification, une signification qui est fonction des circonstances. Mais elle est également fonction du sujet en relation avec sa double histoire, génétique et personnelle; ce qui nous explique qu'une même activité, développée dans les mêmes conditions n'a pas nécessairement la même signification pour les différents protagonistes.

En résumé, ce qui caractérise le SNC en tant que système de régulation des échanges du sujet avec le monde qui l'entoure est qu'il est un système autorégulateur capable de contrôler ses opérations et de les modifier en relation avec les changements intervenant dans le milieu.

G.L. – *Puisque l'équilibre corporel est le produit d'une autoconstruction et d'une autorégulation, l'adulte ne peut pas intervenir pour le modifier ou pour le corriger.*

Vous posez à nouveau le problème de l'intervention de l'adulte dans l'activité de l'enfant, une activité qui, dans le cas présent, est une affaire résolument personnelle. On peut effectivement conditionner le sujet mais, nous l'avons dit, il faut le soumettre; ce qui risque de poser d'autres problèmes. Si on veut changer quelque chose dans la façon de maintenir l'équilibre du corps, il faut d'abord que l'enfant ait conscience de son problème, si problème il y a, et désire le résoudre. Il faut ensuite lui proposer des activités qui vont favoriser la réorganisation des informations dans le sens d'un équilibre plus économique.

ORGANISATION TEMPORELLE ET FONCTIONNELLE DU SYSTÈME NERVEUX

Le développement temporel des canaux d'information

A.D. – *L'être humain, c'est-à-dire son cerveau, est donc un ensemble de systèmes d'information et d'action. Comment ces deux systèmes se développent-ils et s'organisent-ils dans le temps? Si j'ai bien compris, le développement de l'enfant c'est cela?*

C'est ainsi qu'on s'exprime en termes de neuropsychologie. Étant entendu que les deux systèmes, information et action, sont inséparables, commençons quand même car c'est plus pratique par les canaux d'information.

Lorsque l'enfant arrive au monde, il développe immédiatement des échanges avec le milieu grâce aux deux systèmes d'information que sont l'odorat et le goût. En relation avec ses actions au sein de l'environnement, il agrandit son monde grâce à une utilisation de plus en plus élaborée d'autres systèmes : les sens tactiles, c'est-à-dire le contact et la kinesthésie. Puis il fait l'expérience des récepteurs à distance : l'audition et la vision qui sont fonctionnels dès la naissance mais qui demandent pour être opérationnels une mise en relation avec les autres systèmes d'information. Il devient donc progressivement, en ce qui concerne la réception de l'information, un ensemble de six canaux interdépendants qui permettent à son cerveau de transformer la sensation brute en information signifiante; ce qui peut se symboliser :

	←	Vision
	←	Audition
Enfant	←	Kinesthésie
face à l'envi-	←	Sens tactile
ronnement	←	Goût
	←	Odorat

G.L. – *C'est la différence entre sensation et perception.*

La sensation est l'information globale et la perception est le traitement de cette information par le SNC.

Il faut ajouter : les différents modes d'information ne sont jamais séparés et l'information signifiante, c'est-à-dire ce qui est interprété et conservé par le système nerveux, est toujours une composante de l'information issue des quatre canaux principaux que sont :

la kinesthésie	(K)
le toucher	(T)
la vision	(V)
et l'audition	(A)

On sait que le goût et l'odorat qui sont des modes d'information essentiels chez le bébé ont de moins en moins d'importance au fur et à mesure que l'enfant avance en âge.

Ces quatre canaux essentiels : V-A-T-K, tout en étant utilisés simultanément pour recevoir et transmettre l'information, vont s'organiser sur un mode hiérarchique en fonction des aptitudes sensorielles mais surtout en fonction des médiums utilisés de façon préférentielle au sein du milieu familial et de la culture.

Ils contribuent ainsi à définir une structure perceptive, qu'on peut exprimer dans une formule : VATK, AKTV par exemple, laquelle constitue une composante essentielle de la structure de personnalité.

Ceci nous explique le fait connu qu'il existe des familles visuelles, d'autres qui sont plus auditives, également qu'il existe des personnes qui ne peuvent retenir une information qu'à partir de l'audition et d'autres qui sont obligées de structurer graphiquement la même information pour la percevoir et la conserver. Cela nous explique enfin les différences soulignées par E.T. Hall entre les cultures, par exemple les cultures orientales où le toucher est un médium essentiel de communication et les Anglo-Saxons qui évitent le contact.

Organisation des différents niveaux de régulation

A.D. – *Chacun ayant son modèle de perception, chacun a son modèle de traitement de l'information; ce qui signifierait que l'organisation fonctionnelle du SNC dépend de la perception. Qu'en est-il exactement?*

Ce n'est pas aussi simple. En fait l'environnement est ce qu'il est, il n'est pas chargé d'informations ou de connaissances. C'est le sujet qui donne un sens aux informations en les comparant avec l'information existante c'est-à-dire avec ce qui a déjà été intégré ou vécu et qui est inscrit dans la mémoire du système nerveux.

Dans les interactions sujet-environnement, c'est le sujet qui est actif; la perception visuelle elle-même est activité. Cette activité du sujet est fonction de la façon dont est perçu l'environnement mais aussi de l'état du moment, c'est-à-dire de la situation affective. L'intégration des informations et les processus de connaissance qui en découlent sont le résultat non du seul paramètre de perception mais d'un ensemble de facteurs.

Ce résultat qui s'illustre de façon visible dans les comportements de l'enfant est nécessairement en relation avec le SNC. Cette organisation actuelle du système nerveux est le produit de son histoire, une histoire qui s'est développée dans le temps et «stratifiée» en trois niveaux d'interaction dynamiques :

- *Le premier niveau* qui est fonctionnel dès la naissance est le niveau de la régulation tonique et énergétique.

  Les mécanismes de l'éveil, de la mémoire et de l'émotivité sont aussi en relation étroite avec ce premier niveau.

- *Le second niveau* qui s'élabore progressivement en s'appuyant sur le précédent est un niveau d'analyse et d'intégration des informations spécifiques à chaque sens.

  Il permet la sélection des données, l'organisation des informations et leur codification, la combinaison des diverses informations.

  C'est en quelque sorte le niveau de la perception et de l'action. Il possède une structure hiérarchisée qui influence l'organisation du troisième niveau.

- Ce *troisième niveau* est celui qui est responsable de la programmation et de la finalisation des comportements. C'est donc le niveau de l'intention et de l'imagination. Mais il ne peut se développer et s'exercer qu'en s'appuyant sur les précédents.

L'unité fonctionnelle, en termes de système nerveux

Cette notion de niveaux d'organisation que nous devons à A. R. Luria dont nous avons parlé à propos du langage verbal n'est pas strictement une notion anatomique. Il s'agit d'une organisation temporelle des capacités du SNC en relation avec la maturation neurobiologique et cette organisation constitue un tout fonctionnel qu'on peut synthétiser dans un modèle graphique[5] :

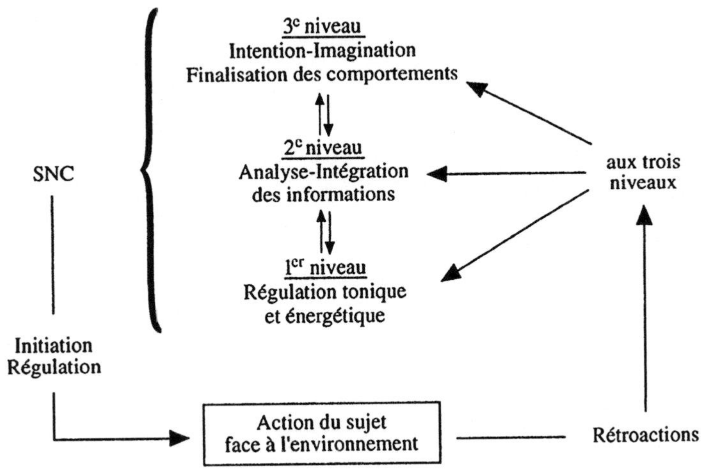

Ces trois niveaux constituent un tout organisé sur un mode hiérarchique. Ils nous expliquent la notion fondamentale d'unité fonctionnelle que nous avons déjà soulignée car le SNC fonctionne globalement, il fonctionne en permanence mais avec des niveaux d'activité variables. La nature des interactions fait que certains niveaux seront privilégiés, étant entendu que toute action sur l'environnement retentit sur l'ensemble :

5 Dans *"Logique du vivant et éducation"*. Sherbrooke, Éditions du CRP, Université de Sherbrooke, 1996.

- Ce qui est analysé par le premier niveau correspond à ce qu'il est convenu d'appeler le vécu qui est la tonalité, agréable ou désagréable, de la communication.
- Ce qui est analysé par le second niveau est l'information dans son sens général.
- Au troisième niveau correspondent les notions de connaissance.

G.L. – *Voulez-vous prendre des exemples pour illustrer ce fonctionnement global?*

On peut illustrer avec tout ce qu'on veut, l'intérêt du modèle est ailleurs. En ce qui nous concerne, il met en évidence l'importance de l'équilibre tonico-affectif, ce que nous avons appelé la disponibilité, dans le développement d'une activité concertée. Il nous montre également que la connaissance est le produit de l'ensemble des rétroactions c'est-à-dire qu'il ne suffit pas de vouloir et d'exprimer pour comprendre et intégrer.

LES NOTIONS DE MÉMOIRE ET DE CONSCIENCE. LES LOIS DE L'APPRENTISSAGE

L'intégration en mémoire

A.D. – *Donc on ne peut expliquer l'apprentissage et son résultat la connaissance que par des modèles circulaires, des phénomènes en boucles. Mais l'intégration en mémoire, la capitalisation des connaissances, comment l'explique-t-on?*

Nous avons dit que pour interpréter l'information présente et la traduire en directives d'action, le SNC doit la comparer avec l'information existante. Cela veut dire qu'il a conscience du passé, qu'il a conservé dans ses propres structures la trace des actions ou interactions antérieures et de leurs résultats, c'est la notion de mémoire au sens habituel du terme.

En réalité, les choses sont complexes car il n'est pas de mémoire que du seul système nerveux. En effet, tous les systèmes d'échanges, tout en étant régis par le SNC, possédant leurs propres structures et moyens d'actions possèdent leur propre mémoire. Le système immunitaire pour prendre un exemple d'ordre biologique, possède une mémoire puisque les anticorps reconnaissent électivement les bactéries pathogènes.

Revenons à notre propos, c'est-à-dire à la mémoire du système nerveux. On pense actuellement que la possibilité d'apprendre, en d'autres termes d'intégrer durablement des informations et des connaissances, est liée à la variabilité de l'organisation synaptique, les synapses étant comme chacun sait les contacts entre les neurones. Cette variabilité est due à la mobilité spéciale des extrémités nerveuses et à leur possibilité dans les premiers temps de la vie d'établir un grand nombre de contacts.

Pour la neurobiologie, les neurones sont responsables du traitement de l'information par le système nerveux, ce sont les synapses qui sont les intermédiaires de tous les transferts d'information à travers le système. Ces synapses sont décrites comme pouvant posséder trois états : labile c'est-à-dire sujet à changement, stabilisé ou dégénéré. L'état labile étant sujet à changement, cet état premier peut au cours du temps et à travers la transmission de l'influx nerveux, soit dégénérer, soit se stabiliser; ce qu'on traduit :

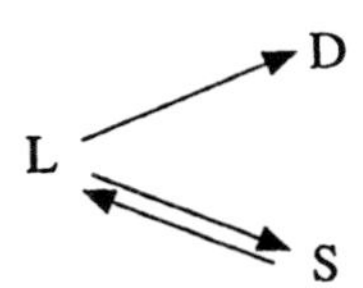

L'apprentissage est alors défini comme le processus par lequel certaines interactions avec l'environnement conduisent à la sélection de chemins stables parmi le très grand nombre de possibilités fournies au départ. La neurobiologie confirme la psychologie puisque le fait d'apprendre apparaît comme une diminution des possibilités offertes au départ par le programme génétique.

Par ailleurs, mais c'est surtout la psychologie qui nous l'a montré, il existe dans l'organisation temporelle des structures du système nerveux, des périodes sensibles pour certains apprentissages, pour l'apprentissage du langage verbal par exemple. Ce qui nous explique pourquoi à partir d'un certain âge il y a des acquisitions qui ne sont plus possibles.

Vous constaterez que je n'ai répondu qu'à la première de vos questions. En effet, si on comprend assez bien comment le SNC intègre les données ou les connaissances, les processus de conservation ne sont pas connus, on a seulement des hypothèses.

La notion de conscience

A.D. – *Comment l'information stockée en mémoire peut-elle revivre? En termes simples, qu'est-ce que la conscience?*

La capacité générale d'autorégulation de l'action par le SNC implique, outre que les informations enregistrées restent disponibles, que l'être en tant qu'organisme vivant soit capable de se reconnaître et de se différencier par rapport au monde qui l'entoure, la conscience est en quelque sorte le mode d'existence du système nerveux.

Celui qui nous a apporté le modèle de compréhension le plus pertinent est le russe N.A. Berstein. Pour celui-ci, l'auto-organisation de l'action doit être considérée comme la capacité que possède le sujet, donc son SNC, de se différencier par rapport à l'environnement et de programmer la succession des actions qui vont lui permettre de passer d'un état présent à un état futur. Cette autodirection de la conduite implique :

- l'anticipation de l'action à accomplir, laquelle ne peut se réaliser qu'à partir des informations inscrites en mémoire et réorganisées dans une séquence d'action;
- l'introduction de repères dans l'environnement entre la situation présente et la situation à venir.

L'autonomie ainsi conçue nécessite le développement en phase avec le déroulement de l'action, de mécanismes de contrôle de l'information; ce sont les états de conscience. Le processus est le même, que l'action se développe dans la réalité du monde présent ou qu'elle soit intériorisée, le raisonnement par exemple. La structure verticale du système nerveux et son organisation temporelle peuvent alors se comprendre comme une capacité de plus en plus grande et de plus en plus efficiente de sélection des informations et de conscience du monde autour de soi.

Nous avons deux façons différentes d'être conscients

Il faut considérer le modèle de N. A. Bernstein comme un modèle général de compréhension. En effet, l'information n'est pas intégrée da la même façon par les deux hémisphères de notre cerveau, ce qui provoque deux façons différentes d'être conscient du monde qui nous entoure :

- L'hémisphère dominant, c'est-à-dire l'hémisphère gauche chez les droitiers puisque les fibres sont croisées, fonctionne sur un mode linéaire et analytique.
  Il correspond à la conscience dans le sens habituel du terme, celle qui s'exprime dans la logique séquentielle du langage verbal, dans le raisonnement logicomathématique.

– L'hémisphère non dominant possède un mode d'organisation beaucoup plus global qui lui permet d'intégrer dans un tout des informations d'origines diverses et de leur donner une signification.

Il nous permet l'organisation dans l'espace, la reconnaissance des configurations, des visages... C'est à ce mode de fonctionnement global et instantané qui n'est pas exprimable dans le langage verbal que correspondent les comportements d'imagination, d'intuition, de création.

Si les deux modes de conscience sont différents en réalité, les deux hémisphères cérébraux qui correspondent d'ailleurs l'un avec l'autre sont à la fois indépendants et dynamiquement intégrés dans cette unité fonctionnelle qu'est le système nerveux. En fait, là encore tout dépend de la nature des interactions que le sujet vit et assume avec le monde qui l'entoure. Ce sont ces interactions qui font qu'il va privilégier tel ou tel mode de conscience. Étant entendu que, en relation avec son histoire et son éducation, la personne utilise électivement l'un ou l'autre hémisphère.

L'inconscient

G.L. – *Et l'inconscient? Vous en parlez peu et cependant la psychanalyse a mis en évidence son importance dans le développement et le comportement.*

L'inconscient au sens psychanalytique du terme est l'ensemble des affects et des traumatismes – ou de ce qui a été vécu comme tel – qui ont accompagné en leur temps les relations du sujet avec le monde et qui restent inscrits dans les structures de l'être. On sait que ce vécu négatif influence les comportements ultérieurs dans telle ou telle situations, également la disponibilité générale du sujet.

Ce qu'on sait moins est que la vie de l'inconscient ne peut pas être réduite à un phénomène second, résultant du refoulement et de la censure de désirs et de pulsions. L'inconscient est beaucoup plus vaste et plus complexe : les processus d'origine génétique sont inconscients, également le vouloir premier que H. Atlan définit comme l'ensemble des mécanismes par lesquels notre être réagit à l'aléatoire et à la nouveauté.

En fait il n'y a pas d'opposition entre ce que nous exprimons en termes de communications et présentement en termes de neuropsychologie et ce qu'exprime par ailleurs la psychanalyse. Si j'ai seulement parlé du désir et pas du tout de pulsions et de fantasmes c'est pour ne pas alourdir la discussion.

A.D. – *Je découvre un autre langage et surtout l'importance de la connaissance du système nerveux et de son fonctionnement.*

Pour poser des questions complémentaires à peu près pertinentes, il faut nous laisser le temps de digérer l'information car le menu était trop copieux.

Au risque d'une indigestion, je voudrais quand même faire une dernière demande. Vous avez parlé au début de cet entretien des lois de l'apprentissage, voulez-vous les préciser?

Les lois de l'apprentissage sont celles de l'intégration des informations par le SNC

En définissant le phénomène de saturation, vous exprimez vous-même une loi essentielle de l'apprentissage : l'information doit être présentée en séquences courtes car les capacités de travail effectif sur une tâche déterminée sont d'une dizaine de minutes. Lors de notre recherche en commun qui avait pour thème «L'enfant, l'objet et l'ordinateur», vous avez constaté qu'une activité développée au sein du groupe sur un mode autonome dure toujours le même temps, vingt minutes environ, et ce, quelle que soit la nature de l'activité et quel que soit le groupe d'enfants. Si l'adulte veut aller au-delà de cette durée, il provoque les phénomènes de saturation que vous venez d'exprimer.

C'est ce qu'a compris l'enseignement programmé, celui qu'on appelle maintenant assisté : l'information doit être présentée sous forme de petites séquences. Le problème de l'enseignement programmé demeurant l'oubli de la dimension humaine, la signification.

Revenons au système nerveux et aux lois qui président à l'intégration des informations. Elles concernent les trois temps forts de l'apprentissage : l'activité, la compréhension et l'intégration en mémoire.

Nous savons que l'engagement personnel dans l'activité dépend du contexte général mais il dépend également de la nature de la tâche. D'où la première loi : pour que le sujet développe un comportement actif, il faut que l'information issue de l'activité puisse être mise en relation avec l'information existante, en d'autres termes, il faut qu'elle ait une signification.

Et une seconde loi qui complète la première : l'activité qui conduit le sujet à apprendre doit être limitée dans le temps et sa durée correspondre à ce que sont les capacités d'attention.

Cette notion de durée nous ramène au problème de la saturation, ce que la psychologie exprime en disant : quand deux tâches de même nature se succèdent, les informations propres à la seconde tendent à inhiber celles relatives à la première, le second savoir tend à désorganiser le premier. Ce qui nous conduit à exprimer une troisième loi qui pourrait s'appeler la loi de l'alternance : pour que le sujet qui apprend conserve ses capacités d'intérêt, il convient d'alterner les activités dans leur nature, leur forme et leur type de relation.

Cette alternance des activités, formelle/informelle, dirigée/ autonome, dynamique/réflexive... permet de respecter les rythmes naturels de l'enfant, des rythmes qu'on ne peut violer sans violer dans le même temps la personnalité du sujet avec tous les risques que cela comporte.

L'activité bien comprise provoque des rétroactions positives au niveau du SNC qui s'enrichit d'informations et de connaissances nouvelles. Toutefois pour augmenter les possibilités du sujet ces données doivent être réorganisées par le jeu de processus internes, c'est la notion de maturation. Or ce qui facilite la maturation est la mise au repos du système nerveux, c'est le rôle du sommeil.

On sait que le sommeil, comme tous les phénomènes vitaux, est rythmé. Il existe deux sortes de sommeils qui alternent dans le cours de la nuit : le sommeil lent qui permet la mise au repos du cerveau et par conséquent de l'organisme tout entier et le sommeil paradoxal. Le sommeil paradoxal c'est le rêve, on l'appelle paradoxal parce qu'en même temps qu'il est le plus profond il exprime une activité intense du SNC et c'est cette activité de rêve qui permet la réorganisation des informations issues des activités de la journée.

La quatrième loi de l'intégration des informations par le système nerveux est alors celle-ci : il faut que le temps qui sépare des tâches de même nature soit suffisamment grand pour que l'information liée à la première activité parvienne à maturation.

G.L. – *L'enfant apprend en dormant autant qu'en travaillant. Il ne faut peut-être pas le lui dire?*

Au niveau de l'enfant il n'est pas nécessaire de lui expliquer mais les parents, eux, doivent savoir que le développement de l'enfant dépend en grande partie de la qualité de son sommeil.

Or cette qualité du sommeil de l'enfant est liée à la qualité des relations au sein du milieu familial.

A.D. – *Pour conclure quel conseil donneriez-vous aux enseignants?*

Je leur dirais : “Faites ce que vous voulez c'est votre problème car c'est vous qui connaissez votre classe et les personnages qui la composent. Mais si vous voulez que l'enfant apprenne, vous devez apprendre, vous, à respecter les lois de l'apprentissage : signification et durée des tâches proposées, alternance des activités et maturation nerveuse”.

CHAPITRE IV

LA FONCTION GRAPHIQUE : DU LANGAGE GRAPHIQUE AU LANGAGE ÉCRIT

L'APPAUVRISSEMENT DE LA LANGUE ÉCRITE

A.D. – *Nous avons longuement parlé du langage verbal, nous avons bien appréhendé son émergence et son évolution. Est-ce qu'on peut parler de la même façon de la langue écrite étant donné son importance dans notre culture et le temps que l'école lui consacre?*

G.L. – *L'école consacre beaucoup de temps à la langue écrite puisque tout s'exprime par écrit mais est-ce que nous n'avons pas tendance à minimiser son importance. Ce qui expliquerait le reproche que nous adressent nos collègues qui enseignent dans l'école secondaire et à l'Université : les élèves ne savant plus s'exprimer en français.*

Notre situation est paradoxale : l'école privilégie la langue écrite que les élèves apprennent mal mais en même temps nous nous interrogeons sur l'importance à donner dans la classe aux autres moyens d'expression : l'action le symbole, le dessin... dont chacun reconnaît l'intérêt mais qui restent les parents pauvres.

Comment expliquer cette dérive?

On accorde moins d'importance à la langue écrite parce que celle-ci a vu diminuer son rôle en tant que moyen d'information et de connaissance devant l'invasion des médias de masse. C'est pourquoi, consciemment ou inconsciemment, les enseignants reconnaissent qu'on peut informer et s'informer d'autres façons. L'école ne dérive pas pour autant car elle est solidement ancrée dans la société qui l'a créée et si ses moyens d'action ne changent guère c'est parce que les structures mentales n'évoluent que fort lentement. Il n'en existe pas moins un certain flottement dans l'esprit des enseignants. En effet ceux-ci, dans leur grande majorité, sont très désireux de se renouveler et de s'adapter à la fois à l'évolution des connaissances et à celle de la société mais ils sont perplexes devant la diversité, quand ce n'est pas l'incohérence, des activités ou des orientations qui leur sont proposées. D'autant plus que par ailleurs les programmes, c'est-à-dire ce que souhaitent l'administration pédagogique et les parents, sont toujours aussi contraignants et sans relation apparente avec les évolutions souhaitées par les rénovateurs.

Pour comprendre ce qu'est la fonction graphique et comment elle évolue, il faut la replacer dans le développement psychogénétique de l'enfant et pour comprendre ce que sont les activités et médiums de communication qui en sont issus, il faut replacer ceux-ci dans le monde de la communication.

LE DÉVELOPPEMENT TEMPOREL DE LA FONCTION GRAPHIQUE

Définitions

A.D. – *Vous voulez commencer par définir les termes?*

C'est une nécessité pour se comprendre.

On appelle fonction un ensemble de systèmes permettant certains échanges particuliers. On peut donc parler de fonction graphique dans un sens général mais aussi de fonction de représentation, de fonction symbolique...

La représentation, on devrait l'écrire avec un trait d'union, est l'évocation en mémoire d'un objet, d'une image, d'une relation... Elle est également la traduction graphique – une autre façon de l'évoquer – de cet objet, de cette relation.

Le symbole est la représentation d'une réalité extérieure par une image ou par un graphisme ayant un rapport d'analogie avec le contenu qu'il évoque.

Le signe est également une représentation mais conventionnelle et apprise; les signes de l'écriture par exemple.

L'expression de l'enfant. Les conditions

Dans la situation de la classe, comme dans toute relation humaine, pour exprimer quelque chose, c'est-à-dire pour transmettre un message à l'autre, il faut qu'un certain nombre de conditions soient réalisées au niveau de celui qui s'exprime :

– Celui-ci doit avoir le besoin ou le désir d'exprimer, de relater, de formuler...
– Il faut qu'il ait quelque chose à dire.
– Il doit avoir les moyens de l'exprimer.
– Pour qu'il y ait communication, il importe qu'il y ait quelqu'un qui reçoive le message.

Or le désir d'exprimer, comme le contenu de l'information, ne peuvent émerger et se développer que dans un ensemble relationnel dont fait partie le récepteur.

En ce qui concerne le code utilisé pour formuler le message, il peut être très divers car ce qui est important pour l'enfant, ce n'est pas la forme, c'est le contenu. Dans les exercices d'expression écrite, vous avez certainement entendu l'enfant vous poser la question : “Pourquoi me dis-tu que ce n'est pas bien puisque tu as compris?” C'est là que réside la difficulté de l'apprentissage de la langue écrite, l'important étant de se faire comprendre, l'orthodoxie des codes n'apparaît pas à l'élève comme une nécessité immédiate.

G.L. – *D'où la tendance à faire de l'orthographe un impératif.*

À condition de ne pas confondre un impératif socioculturel et acte d'autorité.

Parmi ces codes, le code graphique qu'il soit dessin ou symbole joue un rôle essentiel pour s'exprimer comme pour retenir et communiquer les informations issues de l'activité. En effet il a un pouvoir évocateur immédiat, il est facilement reconnu et ajusté avec la représentation des autres. C'est pourquoi le langage graphique, qui par ailleurs est opérationnel avant le langage verbal sur le plan sémantique, ne doit pas être considéré comme un moyen d'appoint ou une illustration, c'est-à-dire comme une activité mineure mais comme un médium de communication à part entière.

G.L. – *C'est le rôle de l'école maternelle!*

L'activité graphique est un processus continu

Sans doute mais rien n'empêche de poursuivre et même de développer l'expérience du langage graphique dans les premiers temps de l'école élémentaire. Seule cette expérience qu'il faudrait appeler grapho-relationnelle permet à l'enfant d'appréhender et de comprendre l'intérêt des médiums très socialisés qui en sont issus.

Il y a continuité avec le langage logicomathématique car la représentation graphique constitue le premier moyen d'exprimer les relations et les connaissances issues de l'activité mathématique. C'est pour autant que l'enfant est capable de symboliser l'objet de l'action, ce qui signifie en extraire les qualités essentielles, qu'il peut intégrer en mémoire l'information, comparer les objets et établir des relations entre eux.

Il y a également continuité avec les langages nouveaux que sont :

- La graphique, un langage de plus en plus employé dans les représentations scientifiques où le développement linéaire de l'écriture constitue une entrave à la compréhension des phénomènes.
- Celui de l'ordinateur dont les tracés sur l'écran sont développés grâce à un ensemble de stratégies médiatisées par le code-machine.

Ces langages qui sont ceux de demain s'apprendront nécessairement à l'école. S'ils mettent en évidence l'importance de la fonction graphique dans son sens général, ils contribueront nécessairement à relativiser l'importance de la langue écrite.

D'autant plus que le langage écrit est tout autre chose que la transposition en signes conventionnels du langage oral. Oral et écrit sont deux langues parallèles et différentes. Quand vous transcrivez en langage écrit une conférence enregistrée au magnétophone, vous êtes obligés de faire une traduction.

Le développement psychogénétique de l'activité

A.D. – *Comment le langage graphique s'articule-t-il avec les autres médiums?*

J'ai essayé de mettre en évidence que ce qui est premier est le langage du corps et de l'action, que c'est sur ce tronc commun que se développent et se diversifient les différents médiums de communication.

En ce qui concerne le langage graphique, la dimension corporelle est évidente :

- Entre un an et demi et deux ans, l'enfant au cours de ses activités rencontre et découvre les objets qui tracent.

  Puis il se rend compte que la trace est une réalité mais qu'elle est de nature différente de l'action.

- Entre deux et trois ans, il fait l'expérience de l'activité graphique : "balayage", exploration de l'espace graphique, premiers mouvements circulaires...
- Alors qu'il reconnaissait déjà les figurations simples de l'adulte, il faut attendre l'âge de trois ans pour qu'il devienne capable de réaliser les premières représentations reconnues par l'autre. On sait que c'est à trois ans qu'apparaît la représentation de la personne humaine avec le noyau circulaire et ses appendices.
- À partir de trois ans le processus s'accélère et l'enfant commence à dessiner véritablement, c'est-à-dire à exprimer quelque chose.

  Dans le même temps il reconnaît et utilise les couleurs, les taches de couleur...

Utilisons le graphique pour mettre en parallèle organisation de soi et capacités d'expression graphique :

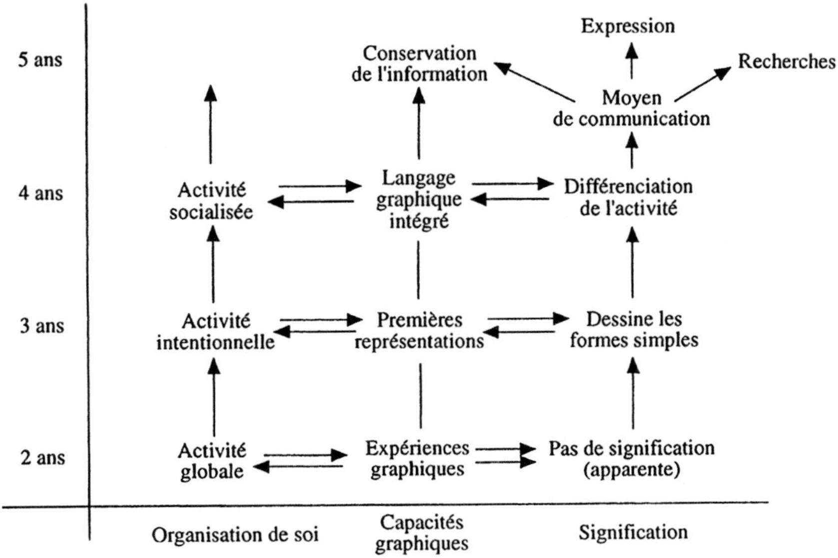

La différenciation de l'activité : représentation, dessin, peinture... facilite à la fois la mémorisation des informations et ce phénomène essentiel dans le développement des capacités de comprendre qu'est la réversibilité de la pensée.

Dans le même temps, avec l'orientation des activités et leur usage en tant que médiums de communication apparaissent à leur tour les deux significations complémentaires qui possèdent les langages humains : sémantique pour le tracé et affective pour la couleur.

LE LANGAGE GRAPHIQUE PREND SA SIGNIFICATION DANS L'ENVIRONNEMENT SOCIAL

L'influence du milieu

A.D. – *Est-ce que le développement est le même dans les différentes cultures?*

La fonction graphique et par voie de conséquence les capacités de l'enfant sont influencées par l'environnement au sein duquel émerge et se développe l'activité. L'environnement c'est d'abord la famille, aussi ce sont les deux parents qui vont déterminer :

- Les possibilités d'agir, donc de faire l'expérience des objets qui tracent.
- La nature des objets à la disposition de l'enfant, les crayons et les feutres présentant l'avantage sur la couleur de faire moins de taches.

  Cela nous explique pourquoi, contrairement aux autres médiums, l'enfant aborde d'abord le langage graphique dans sa signification sémantique, celle du tracé.
- Les règles qui régissent l'activité.
- Le modèle et les échanges avec les autres...

Les parents, dans leur désir d'aider, vont conditionner, inconsciemment d'une façon habituelle, l'enfant à reproduire ce qu'ils savent, eux, de l'activité graphique. Dans notre société on propose des modèles à l'enfant, on lui achète des cahiers pour le remplissage du dessin, on s'attache, comme le faisaient nos parents et nos maîtres, à la correction du tracé...

Les comportements de l'adulte sont alors étroitement liés à la culture et aux modèles qui prédominent dans la société et ces modèles culturels sont d'une prégnance inimaginable. Un exemple, dans mes classes d'expérience du Centre de recherche en psychomotricité que je dirigeais à Montréal (Canada), les comportements devant la couleur, la peinture au doigt pour être précis, étaient différents chez les enfants canadiens français et chez les enfants canadiens anglais : les enfants français traçaient, dessinaient, ils utilisaient le modèle latin alors que les enfants anglais maniaient globalement la couleur.

Une expérience intéressante qui montre l'importance de l'environnement culturel dans le développement de la fonction graphique :

> Les américains Dennis et Skeels (1966) ont utilisé le test du bonhomme de Goodenough comme critère de développement mental auprès d'enfants de 6 à 9 ans ne posant pas de problèmes particuliers et observés dans 55 cultures différentes.
>
> Les Q.I. obtenus varièrent de 124 à 52.
>
> Les quotients les plus élevés furent trouvés chez les enfants américains, anglais, indiens Hopis... et les plus faibles chez des enfants de culture islamique où la reproduction de l'homme dans l'art est interdite.

L'influence de l'école

Le problème qui se pose est celui de l'école, plus précisément de la compréhension habituelle :

- On utilise fort peu le langage graphique pour exprimer les connaissances et quand on l'utilise c'est l'adulte qui propose son modèle.
- On ne l'utilise jamais pour transmettre un message.
- Le dessin est très utilisé – disons plutôt on utilise beaucoup de papier – mais il est considéré plus comme une activité d'occupation que comme un moyen d'expression.
- L'activité se développant sur le seul mode individuel, elle tourne en rond et l'enfant dessine toujours la même chose. Ceci nous explique la tendance à la stéréotypie, une tendance très visible dans le dessin de la personne humaine.

Il est une expérience que chacun peut faire, entre 5 et 11-12 ans. Vous prenez un thème, *«la maison et le village»* par exemple. Le premier jour chaque élève dessine pour lui-même, assis à sa place devant sa propre feuille de papier. Le lendemain, on reprend le même thème mais les enfants sont organisés en groupes de quatre ou cinq personnages assis autour de la même table – il suffit de les juxtaposer – et dessinent chacun pour soi mais sur la même grande feuille de papier. Les productions sont très différentes d'un jour à l'autre, celles du second jour sont toujours plus grandes et plus riches car il y a eu des échanges d'information et des évaluations entre les personnages en présence.

La situation est encore plus riche et plus dynamique quand le groupe tout entier développe le même projet sur une grande feuille fixée au mur.

Le message graphique. Sa signification

G.L. – *Vous avez dit : «Le langage graphique n'est jamais utilisé pour transmettre un message».*

Nous venons d'évoquer le groupe d'enfants développant le même thème «la maison et le village», une activité qui implique de se remémorer ce que l'on connaît, de trouver une solution pour l'exprimer avec les moyens dont on dispose, de comparer ce qu'on fait avec ce que font les autres... C'est une association des connaissances, des imaginations et des moyens, mais le produit n'est pas à proprement parler un message. Il faut entendre par message écrit l'information ou la demande qu'on veut transmettre à quelqu'un, ce qui se traduit dans le processus classique : codage, transmission et décodage de l'information.

Lorsque le groupe recherche en commun une solution pour traduire graphiquement un déplacement corporel ou celui d'un objet, chacun est obligé de faire l'expérience de la solution qu'il entend proposer, il verra immédiatement si les codes utilisés, c'est-à-dire la structure matérielle du message, sont compris par les autres ou s'ils ne le sont pas. La représentation des relations entre les objets dans l'activité mathématique procède de la même recherche du code le plus adéquat, celui qui va être accepté par tous.

On peut aussi imaginer et développer des situations d'échanges ayant une véritable dimension sociale; par exemple l'histoire des acheteurs et des marchands.

L'histoire se passe dans l'espace d'action. Il y a deux groupes – vous savez qu'un groupe d'enfants est toujours composé de quatre ou cinq personnages – d'enfants de 5 à 6 ans :

– Un groupe détient le matériel que vous connaissez : blocs, plaques, bâtons, ballons...; ce sont les marchands.
– L'autre groupe, celui des acheteurs, est installé à quatre ou cinq mètres autour d'une table constituée par la juxtaposition de tabourets. Il dispose de feuilles de papier et de crayons couleurs.

L'affaire se définit : *«Vous pouvez demander aux marchands qui sont en face ce que vous voulez : bloc, bâton... mais sans toucher et surtout sans parler»*.

Pour se faire comprendre sans parler il y a deux solutions : les gestes mais en l'occurrence ce n'est pas très opérationnel et le message graphique c'est-à-dire que ce que l'on souhaite acquérir est symbolisé sur le papier dans sa forme et sa couleur.

Les enfants trouvent rapidement la solution, on voit alors se développer un jeu social, arbitré par l'adulte, avec des comportements très semblables à ceux que vous pouvez voir sur le marché.

A.D. – *Et quand la marchandise est épuisée, on inverse les rôles. Mais la langue écrite, comment va-t-elle apparaître et se développer dans un contexte relationnel?*

L'INTÉGRATION DES LANGAGES ÉCRITS DANS UNE DYNAMIQUE RELATIONNELLE

Un modèle général de compréhension

Le message graphique qui précède dans le temps le message écrit présente le même intérêt : il permet de communiquer sans parler. C'est l'expérience de la rédaction et de la réception de messages dans un contexte relationnel qui va conduire l'enfant à comprendre l'importance sociale des signes conventionnels de la langue écrite et à désirer en faire l'apprentissage car on ne peut pas tout dire avec le symbole ou le dessin.

Le modèle de compréhension est le même dans tous les cas, qu'on utilise le symbole ou les signes. Il suffit, avec l'assentiment de tous, de poser comme principe qu'à certains moments de la journée on va échanger des informations sans parler. Il va de soi que la classe doit être organisée à partir des groupes d'enfants, les activités sont alors nombreuses et variées mais quelqu'orientations qu'elles prennent, on retrouve le modèle du développement de la personne, lequel est, nous l'avons dit, celui de l'intégration des informations et connaissances par le système nerveux :

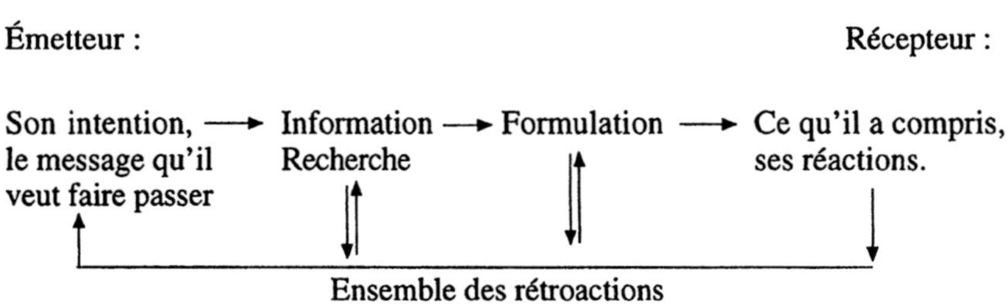

Où les messages écrits vont-ils prendre naissance?

Il faut qu'il y ait quelque chose à exprimer qui intéresse tout le monde. Et ce que les enfants ont en commun est la vie de la classe avec ses espaces, ses objets, les expériences développées ensemble. Nous venons d'évoquer les premiers messages, ceux qui permettent d'exprimer les résultats des expériences ou des activités devant la réalité des objets et qui préfigurent la langue écrite.

Mais il y a des actions, des propositions d'actions, des désirs... qui ne peuvent s'exprimer que dans le langage verbal. Les exprimer sans parler nécessite la langue écrite. C'est donc dans la classe, c'est-à-dire dans un contexte relationnel qui signifie quelque chose pour l'enfant car la charge émotionnelle est importante que l'on va apprendre à écrire les premiers mots, que l'on va rédiger les premières phrases...

G.L. – *On ne peut que rester effaré devant la pauvreté et l'inadéquation de l'information contenue dans les livres qu'on utilise pour apprendre à lire. Alors qu'il se passe tant de choses dans une classe organisée à partir des groupes d'enfants et qu'on a tant de choses à dire!*

A.D. – *L'adulte impose son information parce qu'il veut structurer de façon rationnelle l'apprentissage de la lecture.*

Il n'en reste pas moins que l'apprentissage implique des contraintes car, outre les moyens personnels, il y a des données très formelles à intégrer.

Les nécessaires apprentissages formels

Nous sommes bien d'accord pour constater combien les livres utilisés pour apprendre à lire sont affligeants. En voulant structurer rationnellement l'apprentissage, l'adulte en évacue la dimension essentielle qui pour l'enfant est le contenu.

En ce qui concerne les moyens personnels et l'intégration des schémas formels, je ne vois rien qui puisse s'opposer à ce qu'ils soient développés sur un mode également relationnel. Le développement de ce que les Américains du Nord appellent les habiletés personnelles se réalise tout naturellement à travers les actions et les interactions de l'enfant dans le monde du graphisme. Il va de soi qu'à certains moments, c'est un des rôles de l'enseignant, les activités de représentation ou de symbolisation seront orientées en pensant à ce qu'est effectivement l'écriture-lecture : une organisation linéaire qui se réalise de la gauche vers la droite.

Nous savons que la structuration des signes du langage écrit et leur association aux sons impliquent la pratique et la répétition d'exercices formels mais l'expérience est dynamique et évolutive quand elle est réalisée et vécue dans le groupe.

On peut considérer qu'il existe trois grandes orientations dans les activités visant à faciliter chez l'enfant l'intégration des moyens nécessaires à l'usage du langage écrit :

- L'exercice du bras et de la main dans l'espace graphique, l'expérience étant associée à la préhension des outils scripteurs.

  Ce sont les activités que j'ai appelées graphomotrices et dont l'objet est de favoriser le développement linéaire et la rotation des boucles. Ces activités ont le don de plaire surtout quand elles sont associées à un soutien sonore.
- Les situations favorisant l'organisation dans l'espace et dans le temps, organisation associée à la représentation.
- L'intégration des signes de la langue écrite et leur association à l'élément sonore.

Lorsque le message écrit a un sens, c'est-à-dire lorsque l'enfant en a fait l'expérience pour transmettre ou recevoir une information, les apprentissages formels que je viens de définir sont facilement acceptés car ils correspondent à une nécessité.

A.D. – *Cette notion de sens que l'activité prend pour le sujet me paraît fondamentale. Toutefois, vous utilisez deux termes : sens et signification, il y a une nuance?*

Le sens est l'orientation de l'activité, ce qu'elle a de commun pour tous. La signification est le sens que l'activité a pour le sujet et il n'est pas forcément le même pour tous.

A.D. – *Cette importance donnée au sens, à la signification des activités, ce n'est plus de la pédagogie, cela devient toute une philosophie de l'éducation.*

Disons plutôt c'est une pédagogie humaniste en opposition à la pédagogie scolastique qui se perpétue de génération en génération depuis la naissance de l'école au Moyen-Âge.

C'est le contexte social qui donne sa signification

Le propos mérite d'être développé. Puisque c'est le contexte social qui donne son sens à l'apprentissage, l'intégration de l'écriture-lecture comme celle du langage logicomathématique, doit constituer pour l'enfant la découverte et l'expérience d'un moyen de communication et de mémorisation valorisé socialement.

Si les premiers motifs pour échanger des informations par l'intermédiaire du message écrit prennent naissance dans les interactions enfant-groupe-réalité présente, c'est essentiellement la mise en présence des structures sociales et culturelles qui va conduire l'enfant au désir d'intégrer la langue écrite vue sous ses aspects formels et conventionnels.

C'était la grande idée de C. Freinet : le langage écrit devient progressivement un mode de communication privilégié pour entrer en relation avec d'autres classes, d'autres personnes, en même temps qu'il permet la recherche de l'information, celle qui est contenue dans les livres.

G.L. – *C. Freinet parlait en termes de communications sociales mais l'école a surtout retenu certains aspects formels : le journal de classe, l'imprimerie, les fichiers autocorrecteurs...*

On n'a pas perçu l'essentiel : le langage écrit ne peut devenir un mode de communication socialisé que dans le mesure où c'est l'élève qui découvre la nécessité de certaines conventions pour comprendre et surtout pour se faire comprendre. Si l'enseignant impose la convention, l'activité d'apprentissage a toujours le même sens mais elle n'a plus la même signification.

C'est la nécessité de se faire comprendre qui va conduire l'élève en tant que sujet de l'apprentissage au respect de la norme orthographique et syntaxique, ce ne sont pas les impositions et les exercices répétitifs. Ce respect de la norme s'acquiert alors à travers un ensemble de stratégies conduisant à l'élaboration de textes ayant des propriétés de communication de plus en plus générales.

Il faut considérer cette notion de découverte par l'élève non comme une procédure opérationnelle mais comme un concept général qui nous aide à comprendre le rôle de l'enseignant, étant entendu que de telles idées sont toujours plus faciles à exprimer qu'à mettre en pratique. C'est le problème des méthodes actives, il y a un monde entre les bonnes intentions et la pratique effective.

Pour conclure sur la fonction graphique, je voudrais souligner deux points que nous avons seulement effleurés :

- Le premier concerne l'aphorisme bien connu : le développement ontogénique reproduit le développement phylogénétique. Or dans le développement socioculturel de l'espèce humaine le langage graphique a constitué le premier moyen sinon de transmettre, du moins de conserver l'information.

Et ce premier moyen a été, on en est certain actuellement, essentiellement symbolique.

- La seconde observation nous ramène au développement de l'enfant. Le fait d'exprimer des recherches, d'imaginer et de développer des thèmes ou des projets dans des langages différents : l'action, le dessin, le symbole, le langage oral, le langage écrit... facilite le développement et l'organisation fonctionnelle des différents médiums qui retentissent et s'enrichissent les uns les autres. Cette même compréhension des choses facilite également la réversibilité de la pensée, laquelle réversibilité permet la réorganisation des informations par le système nerveux central et c'est cette réorganisation qui leur donne une signification de connaissance.

Le développement de l'enfant vu à travers l'histoire des productions graphiques

A.D. – *Une dernière question : quelle est la signification des productions graphiques dans l'observation psychologique?*

Une question un peu trop vaste car les productions graphiques peuvent être très diverses; ce qui est certain est qu'elles constituent un témoin irremplaçable du développement de l'enfant.

Ce que l'on peut dire simplement est que le langage graphique présente un avantage sur le langage verbal pour l'observation de l'évolution de l'enfant : contrairement aux signes sonores qui s'évanouissent immédiatement, la trace graphique demeure. C'est ce produit stable, ce résultat : dessin de soi ou du bonhomme, dessin de la famille, dessin de l'arbre, épreuves graphoperceptives... que les psychologues utilisent pour appréhender ce qu'est la personne de l'enfant à un moment donné.

Il convient cependant de relativiser ce mode d'observation. En effet, la trace graphique est une réalité mais une réalité au second degré car de nombreux facteurs liés aux circonstances, interviennent dans le résultat. Le psychologue doit donc interpréter la production et on sait que lorsqu'on interprète, l'observateur le fait à travers sa propre personnalité.

CHAPITRE V

L'ACTIVITÉ MATHÉMATIQUE ET LE LANGAGE LOGICOMATHÉMATIQUE

LES MYSTÈRES DE LA MATHÉMATIQUE

Les difficultés de l'école

A.D. – *On comprend l'extraordinaire importance du langage graphique. Or il est une activité qui l'utilise largement en raison de son rôle dans l'intégration en mémoire, c'est la mathématique.*

Et cependant l'activité mathématique ne peut être identifiée aux signes graphiques ou symboliques qu'elle utilise. La mathématique constitue une activité complexe difficile à enseigner. On sait qu'apprendre aux enfants la manière de faire une addition est facile mais que leur faire comprendre un problème qui exige l'usage d'une ou plusieurs opérations est une autre entreprise.

Voudriez-vous nous nous aider à élucider les mystères qui entourent la mathématique dans son mode de raisonnement et dans son langage?

Le terme de mystère que vous venez d'utiliser me paraît bien choisi pour exprimer les problèmes rencontrés dans l'enseignement de la mathématique. Prenons des exemples :

- À l'issue de la scolarité élémentaire chacun constate : il y a des élèves qui comprennent et résolvent sans difficulté les problèmes qui servent de critères de compréhension, d'autres qui ont beaucoup de mal, d'autres enfin qui n'y arrivent pas du tout et ces derniers sont parfois de bons élèves dans l'expression écrite. Cette observation banale conduit à penser que la mathématique est un don. Pourquoi certains sont-ils doués, d'autres moins et certains pas du tout? Cela apparaît à la majorité des enseignants comme un mystère.
- Cette notion de dons qui seraient innés simplifierait les choses si on ne rencontrait pas des sujets qui sont doués en géométrie mais qui ne comprennent rien aux résolutions de problèmes. Cela signifierait qu'il y aurait des différences de nature entre le raisonnement logique et le raisonnement topologique. Le mystère devient plus épais.

A.D. – *C'est peut-être parce que la mathématique apparaît comme un monde mystérieux que bon nombre d'entre nous en venons à faire appel à la magie de la parole pour apprendre aux enfants.*

J'ai toujours été frappé par la tendance en mathématique à faire apprendre par coeur non seulement des définitions mais aussi des «procédures» pour résoudre des problèmes. Cette façon de faire apprendre par coeur n'est-elle pas un comportement magique? On espère que l'esprit de l'enfant va intégrer la connaissance associée à la parole et que l'association des connaissances facilitera la compréhension et l'expression mathématique.

La compréhension des termes

Ce n'est pas moi qui ai posé le problème de la compréhension des phénomènes par certaines des personnes qui font l'école, c'est vous .

Pour moi si le don mathématique et son étrange répartition dans la population apparaissent comme des mystères, c'est essentiellement parce que les personnes ignorent le système nerveux, comment il fonctionne, comment il intègre et organise l'information. Et c'est cette ignorance que l'on pourrait qualifier de fondamentale qui conduit aux solutions magiques que vous soulignez fort justement.

En réalité il n'y aurait pas de mystère si on comprenait le sens des termes, compréhension, réflexion, intelligence... que l'on utilise pour exprimer le fonctionnement de l'esprit, c'est-à-dire du système nerveux central.

– Que signifie comprendre?

  C'est dans l'étymologie comprendre signifie «prendre avec». Avec quoi? Avec autre chose. Donc pour comprendre il faut comparer ce qu'on prend ou ce qu'on fait présentement avec une chose que l'on a déjà faite, c'est-à-dire une information, une connaissance déjà intégrée en mémoire. Cela signifie également comparer ce que nous faisons, le résultat de notre action avec ce que fait l'autre. Cela signifie enfin «être pris avec», en d'autres termes s'engager personnellement dans la communication ou dans un certain mode de relation au monde.

– Que signifie réfléchir?

  C'est un aspect du processus de compréhension. C'est se rapporter à l'expérience antérieure, à ce qu'on a déjà compris ou vécu, en relation avec la situation actuelle ou une situation à venir.

– Qu'est-ce que l'intelligence?

  La signification est aussi dans l'étymologie car le terme vient du latin «inter legere» qui signifie choisir. L'intelligence est la capacité de choisir parmi les actions antérieures, parmi les connaissances intégrées en mémoire ou parmi les possibilités d'action présentes pour assumer avec pertinence une situation, une relation ou une construction nouvelle.

  Cette capacité personnelle de choisir, c'est-à-dire de sélectionner et d'ajuster les informations, n'est pas une donnée première, c'est une capacité acquise par le système nerveux et cette capacité générale qui devient une qualité de la personne est le résultat de la qualité des actions, interactions et des réflexions antérieures.

L'ACTIVITÉ MATHÉMATIQUE A POUR PROJET DE CONDUIRE L'ENFANT À COMPRENDRE ET À RÉFLÉCHIR

Le développement psychogénétique de l'activité mathématique

G.L. – *De l'histoire des termes à l'histoire de la personne, il n'y a qu'un pas à franchir.*

On ne peut pas aborder le développement de l'enfant et de ses connaissances sans faire référence à la psychologie génétique. Il est possible qu'il existe des aptitudes mathématiques dans le code génétique et que ces potentialités soient différentes d'un sujet à l'autre; ce qui est certain est que, quelles que soient les possibilités premières, la mathématique prend son point de départ dans l'activité devant la réalité du monde matériel.

Puisque la mathématique est par nature réflexion sur les relations qui existent entre les objets, entre les éléments constituant la réalité du monde matériel, la connaissance de l'objet en tant qu'élément constitutif de l'environnement des choses est la condition de tout ce qui va suivre. Or, c'est en agissant avec les objets qui existent dans son environnement que l'enfant va les appréhender, les reconnaître, les différencier... On sait que cette première connaissance des choses est essentiellement tonico-affective : il y a des objets agréables et d'autres qui ne le sont pas; c'est la relation objectale au sens freudien du terme.

L'influence de l'environnement

Au fur et à mesure où l'enfant avance en âge, les activités d'exploration et de recherche dans le monde des objets vont s'orienter, s'organiser, se structurer. Elles vont être influencées à la fois par l'environnement immédiat et par les modèles, ceux que propose l'adulte et surtout ceux qui sont issus de l'observation de l'action des autres enfants. L'enfant est alors capable de différencier et de classer les objets en fonction de leurs qualités. En relation avec le développement des capacités graphiques, il devient capable de les représenter symboliquement; ce qui signifie, nous l'avons dit, extraire de l'objet ce que sont ses qualités essentielles.

Avec l'intervention de la représentation graphique, le processus s'accélère puisque les deux aspects complémentaires de l'activité, action et représentation qui deviennent progressivement raisonnement et langage, retentissent l'un sur l'autre et s'enrichissent mutuellement.

Il convient enfin de mettre en évidence un autre phénomène : parallèlement au développement des capacités opératoires, celles qu'observe la psychologie génétique, il y a une évolution de la signification. L'activité mathématisante qui au départ avait une signification ou une tonalité affective prend une signification de plus en plus sémantique et à l'issue du processus, le stade des opérations formelles, il n'y a plus de place pour l'affectivité ni dans le raisonnement, ni dans le langage logicomathématique.

G.L. – *On comprend que la notion de don pour la mathématique n'a pas de sens. Il y a toujours des potentialités et celles-ci sont différentes d'un sujet à l'autre, mais si l'enfant n'a pas d'objets pour faire ses expériences il ne pourra pas construire la notion d'objet. Ce qui nous ramène à ce que vous avez dit à propos de l'organisation des connaissances, la méthématique est une autoconstruction qui se réalise dans un environnement et ce que nous percevons, nous enseignants, c'est-à-dire les capacités présentes de l'élève ne sont rien d'autre que le résultat de son expérience.*

Effectivement car il y a continuité de l'activité au sein du monde des objets au raisonnement logicomathématique en même temps qu'il y a une évolution vers la seule signification logique.

A.D. – *Lorsque l'enfant de l'école élémentaire se trouve devant un problème qui implique une seule opération et qu'il ne sait pas s'il doit additionner ou multiplier, c'est le signe évident qu'il a manqué au moins l'une des étapes du raisonnement logicomathématique.*

Bien sûr encore que les choses soient plus complexes car en l'occurrence il y a aussi la compréhension des termes utilisés pour formuler le problème. Pour être compris celui-ci doit être à la fois à la portée de l'élève et exprimé dans le langage qu'il comprend. C'est ainsi qu'il suffit parfois de reformuler les problèmes en termes d'action pour que l'enfant comprenne et utilise l'opération adéquate.

Le développement phylogénétique

Quand on enseigne la mathématique il faut toujours avoir présent à l'esprit d'où elle provient. La mathématique est née dans l'histoire de l'humanité de la nécessité de résoudre des problèmes concrets. Quel que soit le degré d'élaboration de l'activité, toute mathématique part de la réalité, est ancrée dans le réel ou s'y rapporte. Ce qui signifie à notre modeste niveau que l'on ne peut pas faire l'économie de l'expérience, une expérience qui se développe d'abord dans le langage de l'action avant de s'exprimer dans les substituts de l'action que sont les symboles et les signes.

LE LANGAGE LOGICOMATHÉMATIQUE

La dynamique de l'apprentissage

G.L. – *Mais alors pour enseigner il faut évacuer des programmes tout ce qui ne peut expérimenté, il faut également que les enseignants prennent le temps nécessaire pour permettre aux élèves de se confronter au réel?*

C'est une révolution, peut-être pas tant pour ceux qui enseignent car ils ont des idées, que pour ceux qui déterminent ce qu'on doit apprendre aux élèves.

Remettons les choses à leur place : les programmes ne sont rien d'autre que des indications générales. Quant aux livres il faut les considérer comme des interprétations ou des illustrations des programmes. Ce sont ceux qui s'en servent qui ont tendance à les voir comme des impératifs.

En ce qui concerne l'expérience des élèves ne me faites pas dire ce que je n'ai pas dit. L'expérience est première, c'est vrai; mais à chaque fois qu'on aborde une notion il n'est pas nécessaire de refaire la succession des expériences et de leur intrication. En effet, à l'issue de la seconde enfance, c'est-à-dire vers 8-9 ans, l'enfant a déjà intégré un ensemble d'informations et celles-ci sont plus ou moins conscientes et plus ou moins cohérentes. De toutes façons informations et connaissances sont ce qu'elles sont et on ne peut pas recréer de toutes pièces ce qui ne s'est pas élaboré à telle ou telle période sensible; il faut faire avec ce qui existe.

La mathématique n'en reste pas moins une activité qui ne peut se développer que sur un mode dynamique. C'est alors en confrontant son expérience, celle qui est inscrite en mémoire, avec celle des autres que l'élève va voir apparaître la notion nouvelle, qu'il va la circonscrire et l'intégrer aux connaissances déjà élaborées. En quelque sorte, à partir d'un certain âge, la dynamique des interactions dans le groupe va supplanter la dynamique des interactions face au monde des objets dans le développement de la mathématique. Une mathématique qui se présente toujours sous deux aspects complémentaires :

- Elle est raisonnement logicomathématique, lequel est d'abord action effective, celle qui produit des effets, avant d'être action intériorisée.
- Elle est représentation de l'action, celle qui s'exprime dans le langage logicomathématique.

Caractères du langage logico-mathématique

Nous avons longuement parlé de la façon dont se développent les expériences de l'enfant, comment grâce à des phénomènes de réorganisation interne ces expériences deviennent des connaissances intégrées, il nous faut maintenant aborder la façon dont elles s'expriment, en nous limitant bien sûr aux orientations de nature mathématique.

En opposition à l'écriture-lecture qui implique un apprentissage formel lequel peut se réaliser en dehors de toute compréhension de ce qu'on lit ou écrit, la mathématique est avant tout un développement des capacités de comprendre et de réfléchir.

Elle n'en nécessite pas moins la transmission et la conservation des informations, elle requiert donc un médium de communication : le langage logicomathématique. Il en est alors de ce langage particulier comme des autres médiums socialisés, c'est le contexte relationnel, donc social, qui lui donne sa signification.

Ce langage logicomathématique possède des caractères qui lui sont propres. Tout d'abord il ne dérive pas du langage oral ou du langage écrit, il s'agit d'une construction parallèle. Même lorsqu'il utilise les mêmes codes, il possède une signification qui lui est propre, celle de la logique, car il s'élabore à travers des interactions sensiblement différentes.

Comme tous les langages socialisés il est une convention mais celle-ci n'est pas totalement arbitraire comme celle du langage écrit car les symboles et les signes du langage logicomathématique sont ancrés dans la réalité. Cette convention a un projet clairement exprimé : exclure les aspects affectifs de la relation au monde et éliminer la contradiction de façon à ce que le message exprimé soit sans équivoque.

S'il est plus limité que le modèle linguistique dans les communications entre les individus, il est par contre plus riche sur le plan de l'expression formelle puisqu'il utilise conjointement la représentation graphique, des symboles, des signes particuliers et des signes du langage écrit. Il possède enfin une stabilité et une universalité que n'ont pas les autres langages.

A.D. – *De la même façon qu'il existe des étapes dans l'intégration de la langue orale et écrite, il y a nécessairement des étapes dans la construction, l'organisation et l'intégration du langage logicomathématique.*

Les différentes étapes de l'expression des connaissances

J. Piaget nous a montré que l'enfant se développait d'étape en étape, chacune s'appuyant sur la précédente et qu'à chaque étape correspondait une certaine capacité opératoire. Or, c'est à 12-13 ans, à l'issue de la grande enfance que l'enfant a intégré les opérations logiques et formelles.

C'est alors que se pose le problème des comportements magiques que vous évoquiez au début de cet entretien : certains pensent qu'en apprenant, on devrait dire en obligeant l'élève, à mémoriser les paroles et les signes graphiques qui sont utilisés pour exprimer la connaissance, cette connaissance va finir par apparaître ; cela pourrait s'appeler la théorie de l'illumination. En réalité, pour que l'enfant intègre les signes oraux et graphiques que l'on utilise pour exprimer telle ou telle relation ou connaissances, il faut que celles-ci aient un sens pour le sujet et on sait que le sens est apporté par l'ensemble des actions et interactions devant la réalité du monde matériel d'abord, par l'ensemble des interactions entre les personnes ensuite.

En relation avec la nature des interactions, on peut considérer qu'il existe trois grandes étapes dans l'élaboration du langage logicomathématique :

- Dans un premier temps, entre 4 et 5-6 ans, l'enfant et le groupe vont reconnaître la nécessité de traduire la réalité présente : les objets, les relations, les parcours... dans quelque chose de stable qui permette de retrouver les informations ou de les communiquer aux autres.

  Pour ce faire on va utiliser le tracé, le dessin et finalement les symboles qui sont plus souples, plus faciles à différencier donc plus pertinents.

- Les activités se développant et se complexifiant, le langage des symboles va apparaître rapidement comme insuffisant pour exprimer les connaissances nouvelles.

  Dans une deuxième étape entre 5-6 et 8-9 ans, on va découvrir, tout en utilisant les symboles, la nécessité de les compléter par des signes conventionnels ayant une valeur générale pour traduire les relations et les connaissances c'est ainsi que l'enfant va découvrir les chiffres, les signes de la mathématique moderne...

- Au cours de la grande enfance, la mathématique va progressivement devenir autre chose qu'action et réflexion sur les objets présents. Elle va prendre une signification plus générale et elle va devenir, grâce aux interactions entre les personnages, approche, démarche, procédure, comparaison des procédures...

Ce qui conduit chacun à comprendre et à accepter le langage particulier de la mathématique avec son vocabulaire, sa syntaxe, sa signification précise des termes utilisés.

Ce que je viens de décrire est ce qui se passe au niveau de l'enfant, mais il est bien évident que dans cette construction de la mathématique, comme dans l'élaboration du langage propre à exprimer les connaissances le rôle de l'adulte est déterminant. C'est lui qui en posant des problèmes va orienter l'activité pour qu'elle soit de nature mathématique et qui va vérifier l'adéquation des solutions. De la même façon les moyens de traduire les relations ou les connaissances vont apparaître et se développer sous son impulsion. C'est l'adulte enfin qui, en tant que source d'information et de références sociales, va apporter les codes, c'est-à-dire les signes conventionnels, dont on a besoin pour être compris par tous.

G.L. – *Est-ce que les enseignants même acquis à la classe active n'ont pas tendance à apporter trop tôt les codes que l'enfant devra intégrer?*

Ne devrait-on pas conduire l'enfant vers le code général en affinant progressivement ses propres codes, c'est-à-dire les moyens qu'il a trouvés pour traduire ce qu'il a découvert ou créé?

Découverte et ajustement des codes

Votre question est intéressante en ce sens qu'elle exprime les deux aspects opposés de la relation éducative : celui où l'enseignant impose sa façon d'exprimer les choses et celui où il s'efforce de faire évoluer l'expression de l'élève. La raison est toujours entre les extrêmes, c'est-à-dire que le langage adéquat pour exprimer les informations ou les connaissances est fonction à la fois de ce qu'est l'enfant et de ce que sont les circonstances. Le langage logicomathématique est une élaboration progressive, donc temporelle, qui se réalise dans un va-et-vient entre l'information et les codes apportés par l'adulte et l'information et les codes maîtrisés par l'enfant.

Ce qui peut se traduire dans un nouveau modèle graphique :

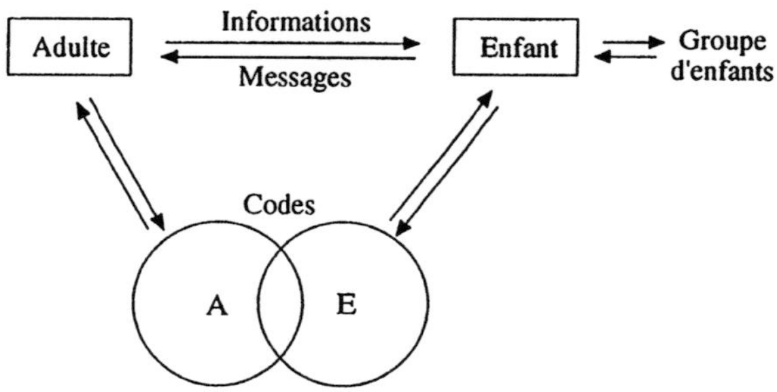

Compréhension et reconnaissance des difficultés

G.L. – *Je pense avoir compris ce qu'est la mathématique, plus modestement comment émergent et se développent en s'appuyant l'un sur l'autre le raisonnement logicomathématique et les langages utilisés socialement pour en exprimer les résultats.*

Comprendre n'est pas difficile quand les choses sont bien expliquées et quand elles sont en relation avec les expériences réalisées ensemble. Ce qui est difficile est de reconnaître que lorsque nous enseignons la mathématique dans nos classes nous inversons les processus de compréhension puisque nous avons tendance à apprendre d'abord les procédures avant de placer les élèves devant les problèmes à résoudre.

A.D. – *En d'autres termes, le problème est premier, c'est la recherche et l'expérience des solutions possibles qui permettent au sujet de dégager des procédures, lesquelles vont se développer et s'organiser dans le groupe. Cela nous ramène au schéma que vous venez d'utiliser : quand l'élève a intégré la façon d'opérer, les applications pratiques vont de soi, ce ne sont plus des problèmes.*

G.L. – *Le phénomène était très visible quand nous avons mis les enfants de 8 ans devant l'ordinateur. Lorsque le langage-machine a été compris, le premier problème a été : tracer un carré sur l'écran. C'est ainsi que le processus s'est développé dans l'ordre :*

- *recherche et expérience des procédures pour obtenir la rotation de 90° et la distance.*
- *Organisation dans une séquence temporelle.*
- *Vérification avec l'envoi de la séquence totale sur la machine.*

Si nous avions donné aux enfants la solution, en l'occurrence la séquence totale, l'activité aurait peut-être été intéressante car c'est amusant de voir la machine répondre à ce qu'on lui demande, mais ce n'aurait pas constitué une expérience de nature mathématique.

L'ÉVOLUTION DES FAÇONS D'ABORDER LA MATHÉMATIQUE À L'ÉCOLE

Évolutions des méthodes et des idées

A.D. – *Puisque la chose importante est la découverte par l'enfant et le groupe des procédures opératoires, leur comparaison et leur ajustement à une situation donnée, il nous faut parler des méthodes c'est-à-dire des façons d'aborder l'enseignement de la mathématique à l'école.*

Nous avons enseigné l'arithmétique et les mécanismes des opérations et reconnaissons volontiers que ce n'était pas un bon moyen pour favoriser le développement du raisonnement logique. Puis les instructions officielles ont orienté l'apprentissage vers la mathématique moderne; laquelle n'a pas changé de façon fondamentale les façons de comprendre et de faire des enseignants. On pense actuellement qu'en introduisant les ordinateurs à l'école les mentalités vont enfin évoluer.

Qu'est-ce que vous pensez de cette évolution des procédés employés?

Le calcul était l'apprentissage de mécanismes, ceux que l'on réalise maintenant avec les petites calculettes. C'était même, disait S. Papert, la plus mauvaise façon que l'on puisse imaginer pour aborder la mathématique car l'apprentissage formel des opérations conditionnait l'enfant et l'enfermait dans des processus élémentaires sans relation avec ce qui est essentiel : l'organisation des relations logiques.

En opposition au calcul traditionnel, la mathématique moderne est comprise comme une organisation progressive de la pensée rationnelle. Son projet est de faciliter le développement des aptitudes fondamentales, celles qui permettront à l'enfant d'aborder, avec le maximum de ses capacités, les aspects différenciés de la mathématique. Elle n'a pas d'utilité pratique immédiate lui reprochent les traditionalistes qui insistent sur le besoin de calculer, ignorant qu'il existe de petites machines pour ce faire. Ce qu'ils n'ont pas compris, c'est que c'est un autre état d'esprit, une ouverture sur le monde complexe des relations logiques et topologiques.

Pourquoi la mathématique moderne utilise-t-elle les ensembles?

Puisque la mathématique se propose de déterminer les relations existant entre les éléments constitutifs du monde matériel, du monde qui nous entoure..., il faut commencer par caractériser l'ensemble des objets immédiatement présents qui constituent ce monde matériel. Qu'est-ce qu'un ensemble? La notion d'ensemble correspond à l'idée intuitive de collection d'objets. C'est donc une notion première qu'on ne peut définir à partir de notions connues.

Toutefois il ne suffit pas de substituer les ensembles, sous-ensembles, opérations sur les ensembles... au calcul pour que l'enfant s'intéresse et développe une activité qui le conduise à l'organisation progressive de la pensée rationnelle. En effet, les ensembles, quels que soient les objets représentés, n'ont de sens, donc d'intérêt, que pour autant qu'ils correspondent à une réalité présente, du moins à une réalité vécue.

Si la mathématique moderne a échoué en partie dans son projet c'est tout simplement parce que les propositions nouvelles ont été interprétées à travers les structures mentales existantes. Une interprétation qui se traduit dans la tendance générale à évacuer l'action en tant que telle comme dans celle, très visible dans les livres, à substituer des représentations toutes faites à celles des élèves.

Est-ce que l'introduction des ordinateurs dans la classe apportera l'évolution souhaitée dans les façons d'aborder la mathématique?

Si on ne change pas la compréhension de la classe, on peut en douter et cela pour deux raisons :

- La première est que la machine fonctionne sur un mode linéaire, séquentiel et analytique, celui qui correspond au mode de raisonnement privilégié par l'école; ce qui risque de renforcer celui-ci. C'est ce qui se passe avec l'enseignement assisté par ordinateur, il est encore plus formel que celui du maître le plus traditionnel.
- La seconde raison est la suivante : l'ordinateur par construction est fait pour l'usage individuel, il n'est pas conçu pour la pratique en groupe. Il peut donc contribuer à renforcer les apprentissages individuels qui sont ceux de l'école d'une façon habituelle. Or, c'est dans le groupe que s'élaborent les stratégies, que se développent et se comparent les procédures, ce qui leur donne leur dimension sociale.

G.L. – *Et pourtant l'ordinateur est intéressant. O combien! Si on en juge par les réactions des enfants au cours de l'expérience que nous avons réalisée ensemble.*

Partant de cette expérience est-ce qu'on ne pourrait pas reformuler en termes pratiques ce que pourrait être la première mathématique, celle qui va conditionner tous les développements ultérieurs?

La première mathématique se développe dans le monde des objets

Il faut poser comme principe que le langage de l'action précède le langage symbolique. Le grand intérêt des objets de l'éducation corporelle : blocs, plaques, bâtons... est, outre qu'ils sont les objets sur lesquels se construisent les activités dynamiques, de plus ils présentent un ensemble de qualités et de propriétés liées à leur construction qui en font le point de départ de toute activité mathématisante. C'est ainsi que :

- Les manipulations, les transports... facilitent la reconnaissance des qualités particulières : anguleux, rond, lourd et léger, gros et petit, couleurs... Également l'émergence de la notion de nombre.
- L'organisation des objets dans des ensembles structurés ou non, conduit aux classifications, aux comparaisons... donc aux ensembles, sous-ensembles et aux opérations qui en découlent.
- Les constructions, qu'elles soient spontanées ou dirigées, facilitent l'émergence et le développement des notions, de longueur, de hauteur, de commutativité... mais aussi de frontières, de limites... toutes notions qui constituent le matériau de base de raisonnement logicomathématique.
- Les développements dans l'espace préludent aux notions de mesure comme à l'organisation des relations topologiques.

Comme ils permettent le développement des capacités d'imagination, ils permettent en relation avec l'orientation imprimée au départ à l'action, de résoudre des problèmes pratiques de tout ordre avec cet avantage que n'ont pas les objets traditionnels : ils se prêtent merveilleusement à la représentation graphique.

De la même façon qu'ils constituent la base pratique de toute organisation des relations logiques qui est le projet de la mathématique moderne, ils sont les objets les plus adéquats pour faciliter le développement de l'organisation des relations topologiques. Nous avons vu ensemble comment ils permettaient à l'enfant de 7-8 ans de réaliser des parcours, lesquels pouvaient être représentés dans le tracé, le symbole et même dans le langage de l'ordinateur.

L'ordinateur dans la classe : son usage dans une approche relationnelle

L'ordinateur, celui qui permet d'obtenir des déplacements symbolisés sur l'écran, devient vite un objet familier d'autant plus intéressant que le langage qu'il comprend et les réponses qu'il donne aux demandes effectuées sont en relation immédiate avec ce qu'on a fait ou programmé antérieurement. Il permet alors à l'enfant d'agir et de réfléchir immédiatement sur son action c'est-à-dire sur son propre raisonnement.

Sur le plan de l'éducation le problème n'est pas celui de la machine et de ses capacités de mémoire car on n'est pas dans le monde de la gestion mais dans le monde de l'école, il est celui de son usage. Si l'enfant est seul devant l'écran et sa console, il va faire des expériences et imaginer des problèmes, il va trouver des solutions c'est-à-dire des procédures pour conduire à bien son projet... C'est intéressant mais cela reste limité à la pratique personnelle. Nous avons fait l'expérience ensemble, celle du groupe d'enfants placé devant un problème. Il y a quatre ou cinq personnages mais il n'y en a qu'un seul à la fois pour manipuler. Qu'est-ce qu'on fait? La recherche se fait ensemble sur la même grande feuille de papier et chacun participe à la définition des procédures, on les organise en séquences dont on vérifie la pertinence sur la machine avant de les traduire dans une séquence totale qui, lorsqu'elle sera envoyée, constituera la vérification de ce qu'on a fait ensemble. Dans cette situation où chacun participe il y a une association des idées et des connaissances, il y a confrontation permanente entre les propositions qui se font rapidement plus adéquates et quand on s'est trompé il faut reprendre le problème... Dans cette façon de procéder on restitue à la mathématique sa dimension sociale et à l'ordinateur sa fonction, il est une machine au service de tous.

A.D. – *Il y a un terme qui m'a frappé parce que vous l'avez déjà utilisé à plusieurs reprises c'est «circonstance». Il pose notre problème qui est celui de l'ajustement de nos propositions et de notre personne à tel ou tel groupe d'enfants à tel ou tel moment, donc aux circonstances.*

Ce qui me conduit à penser à propos de la mathématique que ce n'est pas tant la méthode qui est importante que la façon dont on va l'utiliser.

En résumé

Vous exprimez en termes généraux ce que nous venons de dire à propos de l'usage de l'ordinateur en même temps que vous fournissez une bonne conclusion à notre propos, un propos que l'on pourrait résumer.

Le raisonnement logicomathématique n'est pas prédéterminé, c'est une construction qui se développe en relation avec la réalité du monde matériel avec pour projet de comprendre l'ordre qui préside à cette réalité. Il ne peut donc émerger, s'organiser et se structurer qu'à partir de l'action. C'est alors l'orientation de l'action qui va lui donner sa signification mathématique.

Il va de soi que dans cette orientation, l'adulte qui enseigne va jouer un rôle prépondérant. Un adulte qui devra s'ajuster aux circonstances lequel ajustement le conduira à reconnaître que si la mathématique s'exprime dans un langage particulier, ce n'est pas le langage qui est premier c'est l'information qu'il permet d'exprimer, donc l'action.

Quels que soient les méthodes ou les procédés utilisés par l'enseignant, l'information ou la connaissance issue de l'action ne devient une connaissance générale que si elle est comparée avec ce qu'ont compris les autres; ce qui signifie que le langage logicomathématique ne peut se développer véritablement que dans le monde de la communication.

CHAPITRE VI

LA DYNAMIQUE DES INTERACTIONS DANS LA CLASSE

«QUE SAVONS-NOUS?» OU «COMMENT SAVONS-NOUS?»

Réalité du développement et réalité de la classe

A.D. – *Après ces deux entretiens il m'apparaît comme absolument évident que l'enfant est l'artisan de son propre apprentissage et je perçois fort bien comment cet apprentissage dépend de ce qu'est l'environnement autour de celui-ci.*

Mon problème devient alors : étant donné ce qui nous est demandé, car il existe des impératifs scolaires : comment la situation de la classe peut-elle devenir une situation dynamique, celle qui initie et surtout qui entretient le désir d'apprendre?

G.L. – *Je ferais la même demande mais formulée d'une façon différente : le rôle de l'adulte qui enseigne est de faciliter le développement des élèves qui lui sont confiés et nous savons comment les potentialités s'actualisent dans les activités de l'enfant et comment les connaissances issues de l'activité s'expriment dans des langages ayant une valeur d'échange de plus en plus grande.*

J'ai bien compris également combien le rôle du contexte est important puisque c'est lui qui donne sa signification à l'activité en même temps qu'il donne à l'enfant le nécessaire sentiment de sécurité.

Ce qui est vrai pour l'enfant et vrai de la même façon pour l'enseignant. Lui aussi est inséré dans un contexte : le système général de l'école avec ses impératifs, lui aussi a besoin d'être sécurisé. Or cette sécurité lui est apportée par le système même qui lui précise les orientations que doivent prendre les activités de la classe et ce que l'élève doit apprendre à tel ou tel moment de la scolarité. Si vous remettez en cause la conception de l'école et les valeurs habituellement admises, la situation de celui qui enseigne devient angoissante; d'où une question : comment concilier la réalité du développement et la réalité de l'école?

Les différents moments de l'activité : avant, pendant et après

Je n'ai jamais dit que nous ne devions pas tenir compte des impératifs scolaires c'est-à-dire de la réalité de l'école mais celle-ci est une réalité seconde, ce qui est premier est la réalité du développement. Je m'explique.

Dans l'activité de l'enfant au sein de son environnement, on peut considérer qu'il existe trois grands moments qui se succèdent dans le temps :

- Il y a ce qui se passe avant : l'orientation donnée à l'activité et nous savons que la signification est étroitement liée à l'ensemble des interactions et interrelations qui font que le sujet se sent disponible, concerné et autonome.
- Le second moment est le développement de l'activité elle-même, c'est-à-dire ce qui se passe sous nous yeux : les recherches, les échanges, les comparaisons... et leur expression.

– Puis il y a ce qui se passe après et qui se situe à deux niveaux : la production de l'enfant qui exprime en une certaine mesure ce qu'il a perçu ou compris et la façon dont il a vécu la situation, celle qui se traduit dans ses réactions immédiates avant de s'exprimer dans ses comportements futurs.

L'école ne s'intéresse qu'à ce troisième moment et seulement à son aspect visible qu'est la production de l'élève. Cet intérêt de l'école rejoint celui de la psychologie qui cherche à savoir ce que l'enfant comprend (psychologie génétique) ou ce que l'enfant apprend (psychologie de la connaissance) à telle ou telle étape de son développement. Ce qu'on exprime actuellement en disant : la pédagogie comme la psychologie ont pour projet de répondre à la question *"Que savons-nous?"*

Mais ce que fait l'enfant, donc ce qu'il intègre à travers l'activité, que celle-ci soit spontanée ou dirigée, est fonction de ce qui se passe avant. C'est la connaissance des interactions et interrelations sujet-environnement qui permet de répondre à la question *"Comment savons-nous?"*

Cette seconde question, *"Comment savons-nous?"* doit être pour l'enseignant l'interrogation fondamentale puisqu'elle précède et conditionne le traditionnel "Que savons-nous?"

LA SITUATION DE LA CLASSE

Ce "Comment savons nous?" étant lié à l'ensemble des forces qui conduisent l'enfant à agir, essayons de comprendre ensemble ce qui se passe dans le petit monde de la classe et pour ce faire commençons par situer les personnages en présence : les enfants et l'adulte.

La classe est pour l'enfant, après la famille, la première structure sociale et la relation éducative est un certain aspect des communications humaines. Or les communications entre les personnes ne sont jamais simples. En faisant des apprentissages scolaires un impératif social, on pose un problème mais on ne le résoud pas pour autant.

L'enfant est un personnage complexe

L'enfant est un être unique et original, nous le savons. Ce que nous savons moins est que, en relation avec sa double histoire : génétique et personnelle, sa personnalité est toujours complexe.

Son besoin d'être reconnu en tant qu'interlocuteur et son besoin de sécurité lui font rechercher la personne de l'adulte. Il lui demande alors les informations dont il a besoin pour construire son action et sa personne mais dans le même temps il manifeste le désir d'agir personnellement, en dehors de toute intervention.

À travers ses activités, l'enfant fait avec l'expérience de son Moi l'expérience de son pouvoir sur le monde. Or ce monde qu'il appréhende et expérimente n'est pas seulement le monde matériel car il n'y a de reconnaissance de soi et de son action que par rapport à l'autre. Aussi le pouvoir sur le monde est-il, en un certain sens, un pouvoir sur l'autre.

Cette recherche du pouvoir sur l'autre ne s'exerce pas seulement sur l'autre enfant, elle s'exerce également dans la relation avec l'adulte qui est toujours évalué et testé. Cette évaluation qui commence très tôt, les petits chantages avec la mère par exemple, se retrouve dans le monde de la classe où l'adulte est mis à l'épreuve; un comportement qui pourrait s'exprimer dans l'interrogation *"jusqu'où je peux aller trop loin?"*

Ce désir de pouvoir sur l'autre doit être considéré comme un phénomène normal. Il peut être latent mais il peut également se développer ouvertement dans la situation de la classe. Il se heurte alors au pouvoir de l'enseignant, institutionnel et solidement établi; ce qui conduit l'enfant à modifier ses stratégies et à développer des systèmes de défense, plus ou moins élaborés, à la fois pour protéger son intégrité et pour défendre son propre pouvoir.

L'adulte ne l'est pas moins

L'adulte n'est pas moins complexe. Les raisons pour lesquelles il a choisi d'enseigner aux enfants sont souvent contradictoires, il y a celles qu'il évoque, l'amour des enfants par exemple, mais il y a aussi les autres, celles qu'il redoute de connaître, c'est-à-dire ses propres difficultés généralement dissimulées dans l'inconscient. Or ces difficultés que l'adulte a avec lui-même ont inévitablement des répercussions sur ses attitudes et son comportement et chacun sait combien l'enfant est sensible aux tensions de l'adulte.

Pour dépasser son angoisse devant l'enfant qu'il ne comprend pas ou des comportements qu'il n'accepte pas, l'adulte ne peut trouver sa propre sécurité et maintenir sa propre identité qu'en se référant à quelque chose de stable : le système de l'école qui définit son rôle et lui précise ce qu'il doit faire. Il a donc tendance à présenter les apprentissages formels comme quelque chose de nécessaire et d'indiscutable. Cette nécessité n'étant pas aussi évidente pour l'élève que pour lui, il est alors obligé d'imposer la nature et la forme des activités d'apprentissage. Le problème est que cet exercice du pouvoir sur l'autre ne lui permet plus de percevoir, si ce n'est d'une façon déformée, ni la demande de l'enfant, ni ce que signifient ses réactions.

Si l'on ajoute que les capacités de certains enseignants ne sont pas évidentes, qu'il y a parfois des enfants qu'on préfère et d'autres qu'on refuse...

G.L. – *Je vous accorde que la situation de la classe, c'est-à-dire celle des différents personnages qui la composent, est souvent fort ambiguë. Il n'en reste pas moins que cela fonctionne quand même.*

A.D. – *Cela fonctionne parce que le système est bien rôdé et que ni les uns ni les autres ne peuvent y échapper : désir des parents, valeur sociale des diplômes...*

G.L. – *Il faut quand même ajouter : tout en constatant que l'école fonctionne, chacun est persuadé, du ministre à l'enseignant, que le système devrait être repensé et modernisé.*

Pourquoi les projets ou les réformes qui se succèdent régulièrement depuis de nombreuses années n'ont-ils changé que fort peu de choses?

D'où le nécessaire dialogue

Quels que soient l'intérêt ou la pertinence des projets ou réformes, ils ne peuvent guère changer la façon de comprendre parce que d'une façon habituelle les intéressés c'est-à-dire les enseignants eux-mêmes n'ont pas été consultés ou n'ont pas participé à l'élaboration des projets. Il se passe au niveau des responsables de l'école ce qui se passe au niveau de la classe entre l'adulte et les enfants, ceux-ci ne peuvent se sentir concernés par les apprentissages proposés que pour autant qu'ils en reconnaissent l'importance. Ce qui nous ramène à la nécessité du dialogue.

Pour que le dialogue puisse s'établir et se développer, en d'autres termes pour que les interlocuteurs en présence, l'adulte et les enfants, puissent s'ajuster les uns aux autres, la situation éducative doit être une situation claire. Dans la classe il y a des rôles et chacun doit être conscient de son rôle. Comme dans toute structure sociale il y a également une règle, celle qui respecte l'autonomie de chacun tout en protégeant l'intégrité des autres et qui peut s'exprimer en termes simples : "*Fais ce que tu veux, c'est ton problème mais ne perturbes pas l'activité des autres*".

Quand les rôles sont définis et la règle admise par tous, ce qui est facile, on peut définir des projets à court comme à long terme et prendre ses responsabilités.

Nous avons dit que pour s'impliquer dans une activité, qu'elle soit à court terme ou à long terme, l'enfant doit se sentir concerné. Cela implique qu'il doit avoir le sentiment de participer à l'élaboration des projets généraux comme à la définition des activités particulières de chacun. C'est le dialogue éducatif qui peut être défini comme un ajustement au niveau des personnes et au niveau de l'action :

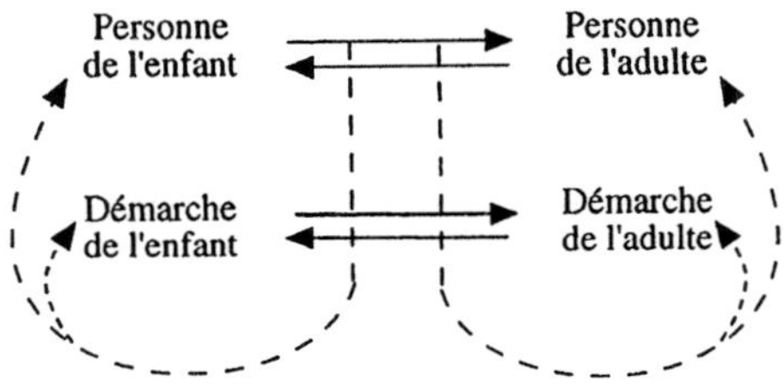

L'ajustement au niveau des personnes implique la communication, une communication de nature affective, c'est l'acceptation de l'adulte par l'enfant et de l'enfant par l'adulte.

C'est pour autant qu'il existe un dialogue véritable au niveau des personnes que l'enfant va accepter de transformer son action ou sa démarche pour l'ajuster à la demande de l'adulte et cette évolution de son activité devant la réalité du monde présent va retentir au niveau de sa propre personne. Ce qui est vrai pour l'enfant l'est également pour l'adulte, c'est parce qu'il accepte l'enfant en tant que personne qu'il va accepter de modifier ses propositions et de les ajuster à la demande de l'autre, que celle-ci soit exprimée ou non. Cet ajustement de sa propre démarche va provoquer de la même façon des rétroactions qui vont modifier profondément et dans un sens véritablement humain la personne de l'enseignant. Ce sont ces qualités humaines que C. R. Rogers veut exprimer quand il utilise les termes d'authenticité et d'empathie mais qui pourraient aussi se traduire dans un seul mot, celui de disponibilité.

A.D. – *Quelles sont alors les conditions pour que puisse se développer un dialogue véritable la situation de la classe?*

LE GROUPE D'ENFANTS ET LA DYNAMIQUE DES INTERACTIONS

Comment les enfants se perçoivent les uns les autres

Nous avons dit et répété, c'est à travers les communications qu'il assure et assume avec les autres que l'activité de l'enfant prend sa signification sociale. Il faut donc aborder la relation éducative dans les mêmes termes : si on veut que l'information circule et se développe, il faut qu'il existe des réseaux et des structures de communications.

Depuis longtemps mes classes d'application ou celles qui illustrent les stages étaient organisées à partir des groupes d'enfants et j'avais constaté, comme vous avez pu le faire vous-même puisque vous travaillez de la même façon, que les relations et les activités étaient largement facilitées. Puis, il y a une dizaine d'années, aux groupes que je constituais j'ai substitué les groupes de choix. Constatation immédiate : les choses étaient encore plus faciles en ce sens que lorsque les activités étaient déterminées on avait le sentiment que la classe fonctionnait toute seule.

J'ai donc voulu savoir ce qui se passait effectivement entre les personnages en présence c'est-à-dire comment s'organisaient les communications et quelle était leur nature. Pour ce faire, avec la collaboration de deux de mes étudiants, j'ai développé une recherche visant à appréhender les choix interpersonnels des enfants dans les trois champs de la relation que sont : le travail en classe, les jeux et les relations filles-garçons. Mes collaborateurs ont interrogé sous forme d'entretiens personnels 697 enfants, c'est-à-dire les enfants de 30 classes de la première à la cinquième élémentaire, avec des questions simples impliquant des réponses réduites au choix de deux personnes, mais en y ajoutant une demande complémentaire : *"Pourquoi préfères-tu...?"*

Nous avions donc le choix pour le travail en classe et pour les jeux, également une certaine idée de ce que sont les relations filles-garçons. Résumons ce qui nous intéresse : le comportement des enfants devant le questionnaire et la nature des choix exprimés.

Comportement devant le questionnaire : les choix sont immédiats chez tous les enfants en ce qui concerne le travail en classe, ce qui signifie qu'il existe des relations préférentielles dans le monde de la classe et que celles-ci ne demandent qu'à s'exprimer. Les choix sont moins immédiats pour les jeux sans doute parce que l'activité est moins structurée que celle de la classe et par là même évolutive et changeante. Une observation remarquable : le choix de l'autre sexe paraît dans la majorité des cas une chose difficile; ce qui tendrait à prouver, en relation avec les facteurs culturels, que c'est une question qui ne s'est jamais posée.

Nature des choix exprimés : c'est essentiellement l'affectivité qui oriente les choix pour le travail en classe où la compétence scolaire n'est absolument pas recherchée. C'est également l'affectivité qui oriente les choix pour les jeux mais dans une mesure moindre puisque la compétence liée au désir de réussite est valorisée chez environ 25 % des enfants interrogés. Quant au choix de celui de l'autre sexe, l'affectivité sous-tend probablement les relations mais elle n'ose guère s'exprimer et la compétence scolaire exprimée apparaît comme une défense.

Toutefois les choses sont probablement plus complexes car on peut se demander jusqu'à quel point l'enfant accepte de se livrer dans sa réponse au questionnaire de l'adulte. C'est ainsi que j'ai trouvé le message suivant :

Il était adressé par Glenda (7 ans) à Luca (6 ans) et c'est tout à fait par hasard que je l'ai pris dans la corbeille à papier à l'issue de la rencontre avec la classe de première élémentaire illustrant mon cours[6].

Or, lors du questionnaire visant à constituer les groupes d'enfants, Glenda et Luca ne se sont pas choisis; ce qui ne signifie pas qu'ils sont indifférents l'un à l'autre.

Est-ce une imitation des modèles d'adultes? Est-ce une recherche de l'autre inexprimable à l'adulte?

---

6 Dans la bulle : *Je t'aime Glenda.*
Dessous : *Luca est amoureux de moi.*

Notion et structure relationnelle

Lorsqu'on traduit graphiquement ces choix personnels sous forme de cartes sociométriques, il se met en évidence une chose remarquable : les relations – on l'a fait pour le seul travail en classe – sont toujours organisées dans des structures en relation avec la connaissance que les personnages ont les uns des autres et avec la qualité des communications qui existent dans l'ensemble-classe. Or cette qualité des relations entre les enfants paraît être liée à la personnalité de l'adulte qui a la responsabilité de la classe.

Comment cela s'explique-t-il? Chaque personne d'enfant est par définition une personne originale et unique avec des désirs, des comportements et des capacités différents de ceux des autres. La seule chose que les enfants d'une même classe ont en commun, outre le fait d'être rassemblés dans le même lieu autour d'un même adulte, est le désir d'être et de faire avec telle et telle personne, celles qui paraissent leur apporter la sécurité et faciliter les communications.

Il existe donc dans la classe un facteur organisateur qui permet de rassembler dans une unité relationnelle un certain nombre de sujets, c'est le groupe d'enfants qui synthétise dans un sous-ensemble de nature affective les aspirations d'un certain nombre d'enfants. Il devient alors relativement facile d'organiser la classe en groupes de quatre ou cinq élèves, ce que j'appelle les groupes de choix et ces structures relationnelles, qui intègrent d'une façon habituelle les sujets considérés comme différents et qui sont assez stables, constitua une unité immédiatement fonctionnelle.

Réalisation pratique

G.L. – *Dans la pratique, comment constituer les groupes d'enfants? D'une part nous n'avons pas la possibilité de traduire les relations sous forme de cartes sociométriques, d'autre part il faut tenir compte des évolutions dans les choix.*

Il n'est pas question pour vous d'utiliser les procédés qui sont ceux de la recherche en psychologie sociale, c'est trop long et le projet n'est pas tout à fait le même. Vous disposez d'une méthode beaucoup plus simple :

– Vous organisez d'abord les structures matérielles, ce que vous faites avec les moyens dont vous disposez et en fonction du nombre de vos élèves.
– Le premier temps est une période d'observation au niveau des élèves qui se sont déjà placés par affinités et à votre niveau : en même temps que vous observez les capacités ou compétences dans les différentes activités, vous observez les interactions et les comportements dans les différents groupes.
– Il faut environ une quinzaine de jours pour que les personnes commencent à se connaître.

  À l'issue de cette période, vous proposez de reconsidérer la composition des groupes, ce qui provoquera certains changements.

  Connaissant mieux votre classe, en d'autres termes ce que sont les relations entre les personnages, ce que sont leurs capacités, les demandes exprimées... vous pouvez définir et développer des projets cohérents.

A.D. – *Il y a parfois dans les classes un enfant perçu comme agressif et dont personne ne veut.*

Vous le gardez auprès de vous sans porter de jugement de valeurs. Faites confiance à la nature humaine : il n'est pas possible de rester seul. Aussi comprendra-t-il très rapidement que pour être avec les autres, il doit modifier certains comportements; vous trouverez alors un groupe qui l'acceptera.

Pour répondre à la seconde question de G. L., il existe nécessairement une évolution dans les relations entre les personnages en présence. Cette évolution nous conduit à reconsidérer deux ou trois fois dans l'année la composition des groupes; toutefois c'est affaire de circonstances et il ne peut pas y avoir de règles si ce n'est celle de la recherche d'une certaine stabilité.

La classe, comme un ensemble de structures relationnelles

L'organisation de la classe à partir des groupes de choix transforme immédiatement la situation, celle de l'enfant et celle de l'adulte, car à la dynamique du développement personnel se surajoute la dynamique propre au groupe d'enfants.

Tout d'abord le groupe est pour l'enfant un facteur de sécurité. La présence de l'autre, celui qu'on a choisi, facilite les communications. Cette acceptation réciproque qui élimine les tensions facilite à son tour l'autorégulation des échanges.

Deuxièmement, c'est au sein du groupe que naissent les motifs et que s'élaborent les projets car l'autre est en même temps un modèle et une aide. Les diverses interactions en permettant l'association des imaginations nous expliquent pourquoi la personne dans le groupe est toujours plus productive que la personne isolée. Par ailleurs l'association des actions et la coopération avec l'autre sont toujours circonstancielles, ce qui signifie qu'elles n'ont rien d'obligatoire et que chacun peut toujours faire pour lui-même ou développer sa propre fantaisie.

Le groupe constitue enfin un facteur essentiel de régulation de l'action car l'acceptation de l'autre conduit l'enfant à percevoir les limites de son action, celles qui vont permettre à l'autre d'agir également.

La dynamique de l'environnement

Pour que les échanges puissent se développer entre les différentes personnes et les différents groupes, il faut bien sûr que les structures matérielles favorisent cette dynamique interactionnelle. L'environnement de la classe doit être conçu pour répondre à ce que sont les structures relationnelles en même temps qu'il est en lui-même (les espaces, les objets de l'action) une force qui conduit à agir.

S'il est difficile de définir des lois régissant l'organisation des structures relationnelles, la chose est plus facile en ce qui concerne les structures matérielles où on peut exprimer au moins des principes.

Premier principe : Chaque groupe d'enfants doit disposer d'un espace qui lui est propre. Ce territoire du groupe se réalise d'une façon habituelle en rassemblant les tables de façon à ce que les interlocuteurs se retrouvent face à face.

Dans cet espace de groupe qui conforte le sentiment d'appartenance, chacun dispose d'un espace qui est le sien c'est-à-dire son propre territoire et de ses objets personnels.

Cette situation, immédiatement sécurisante au niveau des personnes, est encore renforcée par la situation du groupe dans l'espace de la salle car le territoire doit posséder des limites ou des frontières discernables.

Le second principe découle du premier : Les différents groupes et leur territoire respectif doivent être à la fois imbriqués et différenciés.

Étant entendu que l'espace de l'adulte défini par sa propre table s'intègre tout naturellement dans l'espace des enfants et qu'il est situé au même niveau.

Troisième principe : Afin que les différents groupes puissent se rencontrer ou se reformuler à certains moments pour développer des activités particulières, des constructions par exemple, ou des activités impliquant la présence de tous, telle la musique, il importe qu'il existe un espace collectif.

On peut enfin en définir un quatrième : il importe qu'il existe un espace particulier, l'espace d'intimité, une table séparée de l'ensemble par exemple où chacun peut se retirer quand il le désire pour se reposer, pour jouer ou tout simplement pour se retrouver avec soi-même.

G.L. – *En quelque sorte les lois de l'écologie appliquées à ce cas particulier de la vie collective qu'est la classe.*

A.D. – *Des lois que nous connaissons bien puisque nous les retrouvons à la maison où il y a le territoire de tous, celui des parents et celui des enfants. Lesquels sont soigneusement aménagés pour que chacun se sente bien et qui sont régis par des règles simples et qui n'ont pas besoin d'être formulées pour être acceptées par tous au sein de la famille.*

Je ne pensais pas utiliser le terme d'écologie mais vous avez raison c'est bien de cela qu'il s'agit. J'aurais préféré que ce soit vous qui posiez la question qui s'impose : pourquoi la même personne qui comprend intuitivement ce que doit être l'environnement matériel au sein du milieu familial ne comprend plus rien quand elle arrive devant ses élèves?

Mais revenons à la classe, les notions d'espaces de groupes et d'espaces personnels impliquent celles de meubles, c'est-à-dire les objets qu'on peut placer ou déplacer et qui contribuent par leur disposition à structurer et à différencier les différents territoires.

A.D. – *Il faudrait également parler de la qualité des éléments mobiliers tout particulièrement de la table et des sièges. L'expérience que nous avons développée ensemble a mis en évidence que l'équilibre du siège assis était une des conditions de la stabilité de l'attention...*

Bien sûr, mais cela nous conduirait à souligner l'inadéquation du mobilier scolaire qui représente l'aspect matériel de l'inadéquation générale du système de l'école. Toutefois notre propos n'est pas de critiquer, c'est trop facile, il est de tenter de comprendre ensemble. Or cette organisation matérielle et relationnelle comprise comme un ensemble d'interactions dynamiques permet de répondre d'une façon positive à la notion générale de champs de forces que nous avons définie dans notre second entretien. Elle est nécessairement sous la responsabilité de l'enseignant qui est lui-même une composante dans cet ensemble de forces qui font que l'enfant va se sentir concerné car il aura le sentiment d'être en sécurité et de vivre son autonomie.

L'APPRENTISSAGE DANS UNE APPROCHE RELATIONNELLE

Le principe de réalité

Je préviens tout de suite la question que vous n'allez pas manquer d'exprimer si je poursuis ma démonstration en termes généraux : *"Voulez-vous revenir à la réalité pratique, autrement dit aux nécessaires apprentissages?"*

L'affectivité en tant que telle n'apprend rien mais si elle ne fait rien connaître elle reste toujours présente car elle sous-tend les interactions et interrelations du sujet avec son environnement. Le plaisir et le déplaisir représentent la qualité affective des communications c'est-à-dire la façon dont le sujet a vécu la réalité du moment. L'activité non dirigée et l'activité dirigée, le jeu et le travail si vous préférez, sont deux façons différentes d'aborder la réalité et ces deux façons d'être peuvent procurer du plaisir ou n'en pas procurer.

C'est l'affrontement du Moi devant le réel qui est formateur, c'est cet affrontement qui conduit le sujet à accepter quand il s'agit de l'autre ou à comprendre quand il s'agit de la réalité matérielle. Cela signifie que l'intégration des différents langages socialisés et des connaissances qui permettent à l'élève d'accéder à la vie de la société et à sa culture est parfaitement justifiée. Ce qui n'est pas justifié est de les imposer à travers un rapport de forces, c'est l'enfant, le groupe et la classe tout entière qui doivent en découvrir la nécessité.

Lorsque l'apprentissage, celui des aspects formels du langage écrit par exemple, est reconnu comme nécessaire pour communiquer activement et efficacement avec les autres (les autres classes, le monde des adultes...) il n'y a plus de problèmes. L'enfant qui se sent concerné accepte facilement les propositions de l'adulte, il fait appel à ses connaissances et à ses compétences.

Le dialogue adulte-enfant peut alors se développer d'une façon positive et c'est l'ensemble de la communauté éducative qui va définir les projets et préciser les modalités d'application.

Le rôle de l'enseignant

Dans une classe comprise comme un ensemble de structures relationnelles il existe nécessairement une idée générale qui oriente cet ensemble et lui assure sa cohérence, c'est la démarche éducative, celle de l'enseignant bien sûr. Toutefois, en opposition aux comportements classiques, ceux où l'adulte impose ses idées ou bien développe des stratégies de séduction pour les faire passer quand même, dans une situation relationnelle, la démarche s'organise et se précise dans le temps à travers un dialogue accepté de part et d'autre. Nous avons dit au début de cet entretien que ce dialogue permet l'ajustement et la réorganisation des informations et des connaissances chez les interlocuteurs en présence.

Cette relation construite sur le dialogue et la confiance réciproque permet d'aborder, sinon de résoudre, le problème particulier de l'enfant qui pour quelque raison que ce soit n'apprend pas comme les autres. Étant intégré dans un groupe il a la possibilité d'être aidé dans les activités d'apprentissage par les autres enfants. Il a la possibilité également d'être aidé par l'enseignant puisque celui-ci n'étant plus impliqué directement dans l'activité des groupes d'enfants, possède une grande disponibilité de temps et d'action.

L'enseignant et la dialectique enfant-réalité du monde présent

Si la relation adulte-enfant est un dialogue, la relation de l'enfant et du groupe d'enfants avec la réalité du monde présent est une dialectique. En effet, c'est dans un va-et-vient continuel Enfant (groupe)-Adulte-Réalité présente que vont se développer, s'organiser et s'ajuster les différentes démarches, celle de l'enfant qui vit le présent et celle de l'adulte qui vise le devenir.

L'intégration des langages socialisés, celui de l'écriture-lecture comme le langage logicomathématique, va résulter du même va-et-vient; ce qu'on peut symboliser dans un modèle général :

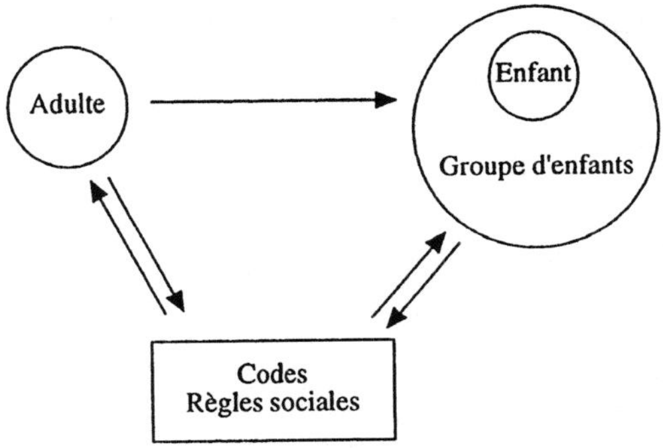

C'est l'échange permanent de messages et d'informations qui va conduire l'enfant à faire siens les codes qui sont ceux de l'adulte et de la société.

La responsabilité des uns ou des autres

L'autonomie de l'enfant, la prise en charge de son action et de sa personne, étant les conditions *sine qua non* de toute auto-organisation, il importe que l'organisation politique de la classe – politique au sens originel du terme de gouvernement des sociétés humaines – lui permette d'exercer son autonomie et de se sentir responsable. Il en est alors des activités de la classe comme de toutes les activités humaines, il existe trois niveaux de régulation organisés sur un mode hiérarchique que l'on peut mettre en parallèle avec l'organisation fonctionnelle du système nerveux central :

Régulation sociale

⇅

Régulation par le groupe

⇅

Régulation par la personne

La régulation sociale étant évidemment celle qui implique à certains moments l'intervention de l'adulte. Un adulte dont le rôle peut se définir en termes politiques : il représente pour l'enfant la réalité sociale avec ses impératifs, il est une source d'information en même temps qu'il coordonne et régule les diverses activités.

Si les deux premiers rôles ne sont pas difficiles à jouer, le troisième, celui de la régulation sociale, n'est pas toujours un rôle facile. Aussi l'enseignant va-t-il se poser des questions telles "Dois-je ou non intervenir?" ou "Comment intervenir?" Il ne peut pas y avoir de règles car là encore tout dépend des circonstances. Il convient seulement de savoir que c'est l'attitude de l'adulte qui va faire qu'une interdiction est bien ou mal acceptée.

Par ailleurs il faut souligner, car c'est important, que se tromper est un phénomène normal, donc que l'erreur dans la communication n'a qu'une importance relative. Ce qui est grave est de commettre toujours les mêmes erreurs et surtout de ne pas s'en apercevoir.

A.D. – *Le meilleur enseignant est celui qui fait moins d'erreurs que les autres!*

Et s'il fait moins d'erreurs que les autres c'est parce qu'il a le sentiment d'être autonome, donc responsable. Dans le système traditionnel de l'école, l'adulte perd le sens de sa responsabilité puisqu'il dispose pour remettre de l'ordre ou pour imposer ses propositions de l'appareil socioscolaire – on pourrait dire sociopolitique – qui lui donne raison par définition, ce qui le dispense de chercher à comprendre. En termes de communications humaines personne n'a raison par définition, ni l'adulte, ni l'enfant.

C'est un phénomène bien connu en politique : s'il n'y a pas de contre – À pouvoir le pouvoir en place a parfois des difficultés – pour reconnaître ses limites.

Il en est de même dans le monde de la classe : quand l'enfant travaille seul à sa table il n'a aucun pouvoir si ce n'est celui de ne pas écouter l'adulte qui, lui, risque de régner en souverain absolu.

A.D. – *Le groupe d'enfants représente un contre-pouvoir avec lequel l'enseignant est bien obligé de composer.*

Pour nous résumer, si on veut favoriser cette dynamique de l'apprentissage et par voie de conséquence le développement de l'enfant, il nous faut changer le mode de relation, c'est-à-dire substituer :

L'autonomie à la dépendance;
la confiance à la méfiance;
le dialogue à l'imposition;
la prise en charge personnelle à
l'obéissance inconditionnelle.

G.L. – *C'est la révolution, du moins dans les esprits!*

Le projet de l'école

Absolument pas, je ne fais que répéter ce qu'on pense actuellement : le projet de l'école n'est pas tant d'apprendre à lire et à écrire – lire et écrire ne sont que des moyens – que de développer les capacités d'imagination et de création, les capacités de prise en charge personnelle et d'adaptation au changement car ce sont ces capacités qui seront essentielles dans la société de demain.

Même la pédagogie soviétique exprimait la même idée, c'est-à-dire que le projet de l'école ne doit plus être de favoriser l'imitation des modèles adultes car disait L. I. Novikova, par exemple : *"Une société socialiste doit être intéressée à avoir au contraire des personnalités originales capables de contribution révolutionnaire dans les différents domaines"*.

G.L. – *Il y a beaucoup d'hésitation de la part des enseignants pour organiser leur classe à partir des groupes d'enfants. Je pense qu'ils craignent de faire des erreurs, lesquelles conduiraient à des échecs plus ou moins dommageables pour les enfants.*

Vous travaillez en groupes. Est-ce que vous pourriez revenir en arrière, c'est-à-dire à l'alignement des tables et à l'apprentissage individuel? Vous ne pourriez pas, ce n'est plus possible. Personnellement je pense que si la majorité des enseignants hésitent ou refusent c'est parce qu'ils ne font pas confiance à l'enfant et qu'ils craignent de ne pas maîtriser la situation, ce qui veut dire qu'ils n'ont pas confiance en eux-mêmes.

CHAPITRE VII

LES DIFFÉRENCES ENTRE LES INDIVIDUS ET L'INTÉGRATION DES ENFANTS HANDICAPÉS

LE SENS DES MOTS NOUS PERMET DE SITUER LE PROBLÈME

A.D. – *La vie du groupe et les interactions qui s'y développent font de chaque personne du groupe une source d'informations, d'idées neuves... Toutes les différences entre les personnes deviennent une richesse.*

Mais n'y a-t-il pas des différences qui deviennent franchement des obstacles au progrès du groupe? Je pense en particulier aux enfants handicapés mêlés aux enfants dits normaux.

Si je reformule votre propos, vous dites «les différences entre les enfants sont un facteur dynamique» et vous ajoutez, sous forme d'interrogation j'en conviens, il y aurait des différences qui seraient un facteur négatif, celles présentées par les enfants handicapés. Pourquoi ce second aspect de la différence ne serait-il pas un facteur dynamique?

Pour se comprendre il faut bien comprendre le sens des termes qu'on utilise. Qu'entend-on par handicap?

Dans son sens général, le handicap est le désavantage ou l'infirmité qu'on doit supporter. L'enfant handicapé est celui qui pour des raisons d'origines diverses doit supporter un désavantage pour construire sa personne et sa connaissance du monde. Cette notion de désavantage n'exprime rien d'autre que le fait bien connu qu'il n'existe pas d'égalité entre les personnes, qu'il n'y a que des différences. Il convient alors de ne pas confondre handicapé et anormal; l'enfant handicapé construit sa personne comme les autres, il a seulement plus ou moins de difficultés pour assumer son problème.

Il a également besoin de la présence des autres, tout particulièrement de leur modèle.

C'est un contresens de mettre dans une même classe de réadaptation des enfants présentant les mêmes problèmes de développement ou de comportement, les enfants «caractériels» par exemple, puisqu'ils n'ont de modèle qu'eux mêmes.

Vous dites également «l'enfant handicapé mêlé aux autres enfants». C'est le second terme du problème : si l'enfant handicapé est «mêlé» aux autres il est un corps étranger mais s'il est intégré il fait partie de l'ensemble, sa situation ne peut pas porter préjudice aux autres. Donc ce qui est important pour lui comme pour les autres est qu'il soit intégré.

Le terme «intégration» possède trois sens complémentaires :

- En psychologie, il signifie «incorporation de nouveaux éléments à un système»; un sens général qui peut se différencier en :
  - Assimilation d'informations ou de connaissances nouvelles.
  - Incorporation d'une personne nouvelle ou différente à un ensemble de personnes qui constituent un groupe fonctionnel.

- En philosophie, le terme est utilisé pour exprimer l'«établissement d'une interdépendance plus étroite entre les membres d'une société».
- En physiologie, «intégration» veut dire «coordination des activités de plusieurs organes nécessaires à un fonctionnement harmonieux».

  Un sens qui peut s'étendre à la psychosociologie : coordination des activités de plusieurs membres d'un groupe en vue d'un fonctionnement harmonieux de l'ensemble.

Notre problème se pose alors de la façon suivante : Quelles sont les conditions pour que la classe, c'est-à-dire un ensemble complexe composé de personnages distincts reliés entre eux par un certain nombre de relations :

- Incorpore des éléments nouveaux ou différents?
- Favorise l'établissement d'une interdépendance plus étroite entre ses membres?
- Facilite la coordination des actions de plusieurs membres en vue de réaliser un projet commun?

LA CLASSE EST TOUJOURS CONSTITUÉE D'UN ENSEMBLE DE PERSONNAGES DIFFÉRENTS

G.L. – *Ce qui fausse notre jugement est qu'il existe des structures d'accueil pour les enfants handicapés et même pour ceux qui sans être vraiment handicapés apprennent plus difficilement que les autres.*

Vous n'avez pas répondu complètement à la question de A. D. : jusqu'où peut-on aller dans l'intégration des sujets différents pour que la situation de la classe reste dynamique et évolutive pour tous?

Les enfants très handicapés

L'intégration des enfants handicapés dans la classe est un problème de mesure car si la différence est un facteur dynamique, il ne faut pas que les écarts d'âge, de comportement ou de capacités entre les personnages soient trop importants car il n'y a plus de dialogue possible entre ceux-ci. Il ne faut pas non plus que le nombre de sujets différents de l'ensemble de la population soit trop grand. Il a des lois en sociologie : quand le pourcentage de la population considérée comme différente par la majorité dépasse un certain seuil, celle-ci n'est plus acceptée car le groupe craint de perdre son identité. Cette loi s'applique à l'ensemble-classe de la même façon.

Il est clair qu'il y a des enfants que l'on ne peut guère incorporer à l'ensemble car d'une part ils demandent des soins particuliers, d'autre part ils conduisent la population générale à se replier sur elle-même.

Les classes de réadaptation seront toujours nécessaires pour une certaine partie de la population d'enfants handicapés. Toutefois pour aider l'enfant dans son développement, il faut trouver des solutions pour que celui-ci ait, au moins à certains moments, des modèles de comportement plus adaptés que le sien. Ce qui n'enlève rien à l'intérêt présenté par les différences qui existent entre les enfants dans le monde de la classe.

C'est l'enfant qui s'intègre dans le monde de la communication

Il y a deux données sur lesquelles les scientifiques sont d'accord et que nous enseignants, devons toujours avoir présentes à l'esprit :

1. Chaque enfant est par construction différent de l'autre avec des désirs, des comportements, des capacités qui sont les siens et qui caractérisent sa personne.

2. Quels que soient les modes d'intégration des informations ou connaissances et quels que soient les modes d'intervention de l'adulte, c'est toujours l'enfant qui apprend et qui construit sa personne.

Il en est une troisième qui a été fort peu explicitée par la psychosociologie : c'est l'enfant qui s'intègre dans le monde de la communication.

L'activité de l'enfant devant la réalité du monde présent implique la disponibilité à la situation ou à l'action. En termes de neuropsychologie cette action face au réel se traduit dans l'exercice de la fonction de motilité, laquelle ne peut se développer qu'en s'appuyant sur la fonction tonique.

Mais la fonction tonique est également le médium essentiel de communication avec l'autre. Si cette communication au niveau des personnes satisfait l'enfant, celui-ci sera détendu et par là même disponible à répondre aux sollicitations du monde extérieur. Par contre si cette relation à l'autre est mal vécue, elle va provoquer un état d'insécurité et pour se protéger le sujet va développer des systèmes de défense. Des systèmes de défense qui se traduisent dans des réactions toniques, c'est-à-dire dans un ensemble de contractions musculaires qui en absorbant une partie de l'énergie amoindrissent le désir d'agir en même temps qu'elles perturbent les différentes communications.

Cela nous explique pourquoi l'enfant recherche la présence de celui qui lui apporte le sentiment de sécurité et pourquoi c'est l'affectivité qui sous-tend le choix de l'autre pour le travail en classe.

C'est ce même contexte relationnel qui donne son sens à l'activité du moment. En effet l'action personnelle, comme celle conjuguée à celles des autres, sont nécessairement insérées dans un ensemble social structuré qui impose sa réalité de deux façons :

- Il impose des modèles d'action, de langage, de comportement.
- Les espaces et les objets de l'action sont un produit du groupe social et leur usage implique des règles qui se traduisent dans des comportements sociaux.

Par ailleurs, si l'activité peut se développer pour elle-même à certains moments, le jeu de l'enfant par exemple, il est important qu'elle soit reconnue par l'autre, ne serait-ce qu'en tant qu'exercice de son autonomie par rapport à celui-ci.

"On ne peut pas ne pas communiquer" dit P. Watzlawick et dans ce monde de la communication c'est le sujet qui s'intègre; en effet :

- C'est lui qui sollicite la présence sécurisante de l'adulte.
- C'est lui qui reconnaît la présence des autres et qui reconnaît leurs actions.
- C'est lui qui recherche celui qu'il perçoit comme le plus sécurisant, qui développe des échanges avec celui-ci et qui s'investit dans le dialogue.
- C'est encore lui qui accepte de reconnaître les limites de son action, celles qui vont permettre à l'autre d'agir également.

En résumé, intégrer signifie faire sien, la connaissance comme le monde des autres. Puisque par définition chaque enfant est différent de l'autre, il y a dans la classe des élèves qui intégreront plus facilement et d'autres plus difficilement les informations et les connaissances. De la même façon il y a des enfants qui, en relation avec leur double histoire, s'intégreront plus facilement et d'autres plus difficilement dans le monde la communication.

L'acceptation des différences

En fait, ces différences qui existent entre les enfants ne sont qu'un aspect particulier des différences qui existent entre les personnes. Il nous faut donc les accepter, non seulement parce que nous devons respecter la personne de l'enfant mais aussi – c'est une chose que l'on sait moins – parce que ces différences représentent une nécessité vitale. La preuve est que nous sommes, les uns comme les autres, désireux d'être reconnus comme une personne originale; nous sommes même persuadés que nous sommes irremplaçables...

Ce qui nous ramène à la complexité de la nature humaine : nous reconnaissons que l'autre est différent mais il y a des différences que nous acceptons mal. Cette mauvaise acceptation des différences entre les races, les religions, les idéologies... s'appelle la tolérance. *"Mais qu'est-ce que la tolérance?"* demande A. Jacquard, *"si ce n'est une concession accordée à l'autre par celui qui se sent le plus fort ou le plus sûr de lui"*.

Or si nous avons des difficultés à accepter les différences qui existent entre les êtres humains, ces difficultés sont encore majorées quand il s'agit des différences constatées entre les enfants. C'est parce que on ne peut pas être indifférent devant l'enfant que notre relation d'aide est marquée par deux facteurs contradictoires : une implication affective et le désir de voir évoluer l'enfant comme nous le souhaitons à travers les apprentissages que nous lui proposons.

Pour dépasser cette contradiction, il suffit de savoir que la différence est non seulement un phénomène normal mais aussi qu'elle constitue un facteur dynamique essentiel.

G.L. – *Une question qui nous ramène à l'organisation des groupes dans la classe : en quelle mesure peut-on faire intervenir la régulation sociale en d'autres termes l'autorité du père, pour composer ou recomposer les groupes d'enfants?*

Rien ne s'y oppose, à la condition d'observer les réactions des uns et des autres, quitte à reconnaître qu'on s'est trompé.

LES DIFFÉRENCES ENTRE LES INDIVIDUS CONSTITUENT UN FACTEUR DYNAMIQUE DE DÉVELOPPEMENT

La reconnaissance de l'autre et la complémentarité des personnes

Les différences individuelles font que chacun présente des capacités particulières, elles se traduisent forcément dans les critères formels utilisés par les adultes pour évaluer l'activité de l'enfant. Il y a problème quand cette évaluation exprime en jugements de valeur le fait d'évidence qu'il n'y a pas d'égalité entre les individus.

En réalité, cette expression différente des capacités de compréhension ou de mémoire ne doit pas être considérée comme un phénomène positif pour les uns et négatif pour les autres mais au contraire comme un phénomène dynamique essentiel.

En effet, lorsqu'un groupe de personnes engagées dans une même action est composé d'individus différents – à condition que les différences ne soient pas trop considérables – chaque interlocuteur est obligé de reconnaître que l'autre est différent de lui. Il est donc obligé de s'ajuster à la personne de l'autre en même temps qu'il est placé devant la nécessité de réorganiser en permanence les informations issues des diverses interactions et interrelations. C'est cet ajustement et cette réorganisation des informations par le système nerveux qui favorisent l'auto-construction de la personne, donc son développement.

Ces communications qui impliquent un ajustement permanent sont facilitées par le sentiment d'exercice de son autonomie, lequel s'exprime tout particulièrement dans le choix de l'interlocuteur.

Ce qui pose le problème des groupes de niveaux.

Ceux-ci sont toujours moins dynamiques, donc moins intéressants pour l'enfant comme pour l'adulte, que les groupes de choix nécessairement hétérogènes. Il y a à cela deux raisons :

1) L'autre étant imposé, la situation relationnelle n'est pas ou est moins sécurisante.
2) Avec le modèle de compétition propre à l'école, l'autre devient un adversaire et il n'y a plus d'échanges.

Intérêt présenté par la présence de l'enfant handicapé

En ce qui concerne les enfants considérés comme différents ou handicapés ceux-ci sont d'une façon habituelle très normalement intégrés dans les structures relationnelles qui constituent la base fonctionnelle de l'ensemble-classe.

Étant intégré sur le plan relationnel celui qui est sensiblement différent est pris en charge par le groupe. Il devient alors du fait même de sa différence un intérêt pour tous : quelles situations, quelles actions... allons-nous développer pour lui permettre d'être et de faire avec les autres?

Il y a quand même une double condition :

– Il ne doit pas être perçu comme pouvant porter atteinte à l'intégrité personnelle.
– Il doit posséder une certaine autonomie.

Quand ces conditions sont réalisées, non seulement l'enfant handicapé est intéressant en tant que personnage, mais il oblige les autres à se reconnaître et à assumer leur propre personne.

Elles impliquent une autre compréhension de la classe

Cette notion fondamentale de complémentarité des personnes conduit inévitablement à une autre compréhension de la classe.

En relation avec ce qu'est l'enfant et ce que sont les facteurs du développement, il faut accepter deux grands principes :

1. Pour que l'enfant s'intègre dans le monde des autres, il importe que la structure relationnelle dans laquelle il vit et agit facilite le désir de faire et d'être avec les autres.
2. Pour que ce soit le sujet qui intègre les informations ou les connaissances, il faut centrer la relation d'aide sur la personne et le groupe et non sur les aspects formels de l'apprentissage.

Ces deux principes vont conditionner l'organisation de la classe sur le plan relationnel comme sur le plan matériel.

Pour les responsables de l'école la classe est une structure administrative mais pour l'enseignant qui, lui, est confronté à la réalité humaine et à sa complexité, elle est un ensemble de structures relationnelles car c'est le groupe d'enfants qui est fonctionnel, ce n'est pas la structure administrative. Quand la règle sociale qui exprime la liberté de chacun et ses limites est comprise par l'ensemble des personnes en présence, la classe devient un ensemble composé de sous-ensembles qui fonctionnent sur un mode quasi autonome.

Cette autonomie qui restitue à chacun le sens de sa responsabilité permet une souplesse de fonctionnement considérable. En effet, si le groupe d'enfants est la référence, rien n'empêche à certains moments l'adulte de «convoquer» des enfants appartenant à des groupes différents pour développer dans un «groupe de rencontre» telle ou telle recherche ou tâche déterminée. Il peut de la même façon et en toute sérénité s'occuper d'un ou plusieurs enfants, les enfants handicapés par exemple, pour les aider d'une façon particulière.

La notion de complémentarité nous ramène à celle de dialogue

Qui va déterminer la nature des activités?

On sait que pour qu'une activité, quelles que soient son orientation ou sa forme, facilite le développement de l'enfant, il faut qu'un certain nombre de conditions soient réalisées : le projet doit être fait sien par l'enfant, il doit impliquer une certaine recherche ou un certain effort et il doit être inséré dans le monde de la communication.

L'adulte va donc intervenir pour mettre l'enfant en présence de la réalité comme il va intervenir dans la définition des projets de recherche ou d'apprentissages spécifiques mais l'enfant et le groupe vont y participer. C'est la notion de dialogue, un dialogue qui conduit à la notion de contrat quand il s'agit d'un projet à long terme.

Il va également intervenir pour réguler les interactions quand la nécessité l'exige mais il se défend de jouer un rôle dans le développement de l'action si ce n'est, à la demande de l'enfant, comme une source d'information.

Le projet étant déterminé, l'activité est prise en charge par l'enfant et par le groupe. Cet engagement personnel dans l'action conduit à la recherche active de l'information nécessaire à la réalisation de la tâche, à l'ajustement des actions à la réalité, à la comparaison des actions, des résultats... lesquels sont, nous le savons, les conditions de l'intégration des connaissances et du développement personnel.

Le conflit et l'échec

G.L. – *Je vous suis bien, toutefois cet ensemble fonctionnel qu'est la classe peut se dérégler; d'où mes deux questions qui visent surtout à apporter la contradiction :*

1. *L'engagement dans l'action peut être tellement important qu'il conduit au conflit, un conflit qui peut être mal vécu par certains. Qu'est-ce qu'on fait?*
2. *Même s'il fonctionne bien le groupe de travail peut s'enfermer dans son erreur et être incapable de la dépasser. On intervient ou on intervient pas?*

Le conflit est un phénomène normal, il est inscrit dans les structures même de l'être. C'est ainsi que la «mimésis d'appropriation» considérée actuellement comme principe essentiel du développement conduit inévitablement au conflit. Dans la situation de la classe, deux cas sont à considérer : le conflit qui surgit s'apaise de lui-même ou bien il éclate avec plus ou moins de violence. S'il éclate puis s'apaise, en principe il n'y a pas besoin d'intervenir, s'il ne s'apaise pas ou si les tensions sont trop fortes l'adulte dispose de sa présence et de son autorité pour remettre de l'ordre dans la situation. Étant entendu qu'il ne peut pas y avoir de règle générale car tout dépend du tempérament et des circonstances. De toutes façons il n'y a pas à s'angoisser car dans l'un et l'autre cas le conflit constitue un facteur dynamique en raison de la réorganisation et du réajustement des informations qu'il impose chez les différents interlocuteurs.

Quant à l'erreur ou à l'échec, nous l'avons dit précédemment, ce sont également des phénomènes normaux que d'une façon habituelle l'enfant a la capacité de reconnaître, ils ne sont négatifs que si on porte un jugement de valeur. Il faut les considérer comme un critère, celui qui nous permet de réajuster les propositions ou les projets.

Le cas particulier des enfants surdoués

A.D. – *Il n'y a pas que les enfants handicapés qui sont différents de l'ensemble de la population, il y a aussi ceux dont on ne parle jamais en termes de différence : les enfants très doués parfois surdoués. Or ces enfants qui comprennent immédiatement, qui réussissent tout et très vite finissent par s'ennuyer et par bâcler leur travail pour être débarrassés d'activités ou d'exercices qui les ennuient. Est-ce que le fait pour ces enfants de se trouver dans une classe dite normale ne les handicape pas?*

G.L. – *Ils apprennent tout et facilement mais cela n'empêche en aucune façon l'enseignant de s'attribuer leur succès.*

Le problème des surdoués est effectivement un autre aspect et non des moindres des différences qui existent naturellement entre les individus. Il est bien évident que le système traditionnel de la classe ne les aide en aucune façon dans leur développement et qu'il contribue au contraire et même assez rapidement à les ramener dans une «moyenne honorable». Je pense toutefois que la situation des enfants très doués est plus dynamique dans vos classes comme dans celles où on travaille en groupe. En effet, quand ils ont terminé leurs tâches ils peuvent aider les autres mais cela ne les intéresse guère, ils peuvent surtout faire autre chose; par exemple des recherches ou des expériences que vous allez aider à définir et qui leur permettront de se confronter avec des problèmes à leur niveau de compréhension ou correspondant à leurs intérêts.

A.D. – *Cet entretien sur l'intérêt de la différence et sur l'intégration des enfants que la majeure partie de nos collègues souhaitent éliminer de leur classe remet en cause la conception organique de l'école. C'est ainsi, mais nous étions un certain nombre à reconnaître, que les groupes de niveaux sont un non sens.*

Et cependant nombreux sont les enseignants qui désirent sincèrement aider l'enfant qui rencontre des difficultés pour apprendre et qui accepteraient de changer quelque chose dans leur classe pour mieux s'adapter à la réalité des enfants.

Quels conseils pourrions-nous leur donner?

Personnellement je dis à ces personnes : vous ne changez rien pour le moment dans votre enseignement, si vous voulez vraiment changer quelque chose c'est votre personne qui doit se transformer. Pour cela il faut changer d'abord l'organisation matérielle de la classe, ce qui est une chose facile puisqu'il s'agit simplement de déplacer des tables pour favoriser la constitution de quatre ou cinq groupes de travail.

Que va-t-on constater immédiatement? La classe, c'est-à-dire l'ensemble des enfants va s'organiser spontanément en fonction des choix personnels.

La situation relationnelle étant déterminée – provisoirement bien sûr – vous allez faire la classe comme vous la faites d'habitude, les enfants travaillant en groupe au lieu de faire seuls.

Dans le groupe il va y avoir des échanges et les enfants vont vous poser des questions, ils risquent même de vous faire des observations. Ces questions vous allez les écouter et les observations vous allez devoir vous y ajuster.

Que va-t-il se passer alors? Vous allez être obligés de définir des projets d'apprentissages cohérents, c'est-à-dire ayant une signification pour l'élève et pour le groupe – ce qui vous conduira à observer, à réfléchir sur ce qui se passe, ce qui s'exprime...

Le processus du changement et du développement personnel est engagé. Il est irréversible.

A.D. – *En effet, dans une classe organisée en groupes de choix on est amené à travailler dans le cadre de projets élaborés avec les enfants sinon les groupes réagissent – l'effet du contre-pouvoir – vous mettant devant l'absolue nécessité de négocier.*

G.L. – *C'est ce qui rend la situation dynamique.*

CHAPITRE VIII

LA SIGNIFICATION DE L'ÉCHEC SCOLAIRE

L'ÉCHEC SCOLAIRE EST UN PRODUIT DE L'ÉCOLE

Généralité du phénomène

A.D. – *Il est certain que dans une approche relationnelle la classe et ses apprentissages ont une autre signification pour les élèves et pour l'enseignant. Il n'empêche qu'à l'issue de tout parcours scolaire l'échec est toujours possible.*

G.L. – *Il ne sera jamais aussi important que dans la situation traditionnelle où l'échec scolaire est presque synonyme de système scolaire.*

Je sais que les études sur le sujet sont nombreuses et variées mais en relation avec tout ce que nous avons dit jusqu'à présent vous avez sans doute une autre façon de comprendre le problème.

Les difficultés rencontrées par les enfants pour apprendre ce qui est proposé par l'école paraissent de plus en plus nombreuses et de plus en plus aiguës. On pense que c'est un problème de notre société actuelle et on se plaît à souligner que la crise de l'école est devenue un phénomène général dans tous les pays industrialisés où elle se traduit par le développement de l'école parallèle c'est-à-dire l'ensemble des personnes et des structures dont l'objectif est de pallier aux insuffisances ou aux échecs de l'Institution scolaire.

En réalité, le problème de l'échec de l'enfant à l'école qui apparaît comme une caractéristique de notre époque n'est pas un phénomène nouveau. Si nous y attachons autant d'importance actuellement c'est parce que la valeur attachée aux résultats scolaires a augmenté dans l'esprit des parents qui sont eux-mêmes un produit de l'école, c'est également et surtout parce que nous avons développé dans le monde de l'école un système complexe de détection des incompétences scolaires.

Pour comprendre le problème de l'échec de l'enfant devant les apprentissages de l'école, il faut l'aborder sur le plan historique. Dans les écoles d'autrefois l'échec scolaire existait forcément mais il n'avait pas grande importance car le critère était alors la capacité d'adaptation au travail. La notion d'échec de l'enfant est née avec l'apparition de l'école obligatoire pour tous. C'est pour appréhender les difficultés scolaires des enfants que A. Binet et Th. Simon ont construit en 1905 leur test de mesure de ce qu'ils appelaient l'intelligence.

Le problème de l'école

On ignore le pourcentage des échecs à cette époque mais il ne devait pas être très différent de celui que nous rencontrons aujourd'hui comme le montrent des études récentes. C'est donc le projet de l'école : apprendre à lire et à écrire, intégrer à partir du langage oral ou écrit un certain nombre de connaissances qui conduit les observateurs à différencier et à classer les enfants en fonction de ces compétences particulières. C'est alors le projet de l'école qui est un échec.

Nous sommes au coeur du problème :

On définit l'échec comme «l'insuccès, la faillite d'un projet ou d'une entreprise». Or on appelle échec scolaire l'insuccès de l'enfant devant les apprentissages ou les normes de comportement imposés par le système de l'école.

Mais d'où vient le projet d'apprendre ces données formelles? De l'adulte ou de l'enfant?

Donc, quand on parle d'échec scolaire, il ne s'agit pas de l'échec de l'enfant mais de l'échec du système scolaire, celui qui a pour projet d'apprendre aux enfants.

Complexité du problème

Toutefois le problème de l'échec attribué à l'enfant est très complexe car il fait intervenir deux phénomènes distincts :

- Les différences qui existent entre les individus font qu'il y a des élèves qui apprendront plus facilement que d'autres les données formelles imposées par l'école.

  Ces différences nous expliquent également que, en dehors de toute capacité de comprendre et d'apprendre, il y a des élèves qui s'intégreront plus facilement et d'autres moins facilement dans le système de la classe. Or cette intégration au monde de l'école est une des conditions du désir d'apprendre.

- Les critères qu'on utilise pour définir l'échec scolaire :

  On sait que les examens surtout chez les jeunes enfants ne sont pas un bon critère mais les appréciations portées par l'enseignant ne sont guère meilleures.

Le critère actuel est le redoublement de classes. En 1968, 37,5 % des enfants redoublaient la première élémentaire, c'était alarmant. On a lutté contre le phénomène et en 1977 ce nombre était réduit à 28 % mais on constatait en même temps que le pourcentage des élèves très retardés (3 ans et plus) avait doublé et atteignait 11,4 %.

Quel sens faut-il donner à ces observations générales? Cela ne signifie en aucune façon que l'échec en première année a diminué car cela peut vouloir dire que les références utilisées pour permettre le passage d'une classe à l'autre ont été assouplies.

En fait le véritable critère est l'insertion sociale des sujets après le temps passé à l'école. Or les études récentes montrent que les corrélations réussite scolaire-réussite sociale sont faibles.

R. Girod, Université de Genève, a cherché à savoir qu'elle était l'incidence de l'échec scolaire sur la situation sociale.

C'est ainsi qu'il a comparé la situation scolaire à 14-15 ans avec le niveau atteint dans l'échelle sociale a 36-37 ans.

Son étude porte sur une population masculine observée dans le canton de Genève :

	Sont devenus			
Situation scolaire à 14-15 ans	Ouvriers	Employés classes moyennes	Situation plus élevées	Total %
Très en retard	13	11	3	27
Moins en retard	10	15	16	41
Pas en retard	3	8	21	32
Total	26	34	40	100

LA RECONNAISSANCE DE L'ÉCHEC ET SON INTERPRÉTATION

Une des rares expériences où les auteurs sont capables de reconnaître leur échec

On sait qu'il est difficile d'expérimenter en psychopédagogie et cela pour deux raisons :

- Les expériences sont difficiles à construire et leur évaluation est toujours délicate.
- Le phénomène connu en psychologie sous le terme «erreur de l'expérience» qui est la tendance consciente ou inconsciente à «faire venir» les résultats tels qu'on les souhaite est encore plus difficile à maîtriser en pédagogie qu'en psychologie.

Il faut donc souligner l'intérêt de l'expérience suivante et l'honnêteté intellectuelle des personnes qui l'ont réalisée.

Définition du projet : aide à un groupe faible de première année de scolarité élémentaire :

Les deux auteurs, psychologue et rééducatrice, ont pris en charge pendant la durée d'une année scolaire 13 enfants considérés comme les plus faibles des sept classes de première élémentaire pendant le temps consacré aux apprentissages de la lecture et de l'écriture, c'est-à-dire de 8 h 30 à 10 h 10 du matin.

Le projet était de ne pas laisser les enfants de ces classes devant des tâches qui étaient pour eux, pensaient-elles, insurmontables. Pour aider ces enfants elles ont utilisé des méthodes pédagogiques considérées comme intéressantes et originales. C'est ainsi qu'on s'est efforcé de familiariser les élèves avec le livre à partir de l'histoire lue par l'adulte avant de les inviter à lire et à écrire eux-mêmes. On a également développé des exercices de discrimination spatiale et auditive, de psychomotricité... Par ailleurs les deux auteures se sont efforcées de trouver le dialogue avec les enseignantes des classes intéressées dans des réunions de quinzaine. Elles conviennent que ce fut difficile.

Les critères de choix ont été ceux qui sont utilisés habituellement en psychologie scolaire et qui permettent d'établir une prédiction de la réussite en lecture en 5 niveaux : de la lecture sous-syllabique (niveau 1) à la lecture courante (niveau 5).

Les 13 enfants se répartissaient de la façon suivante :

Niveau de lecture prévu dans des conditions normales	5	4	3	2	1	TOTAL
Nombre de sujets		1	3	5	4	13

Évolution des enfants du groupe d'expérience; les auteures constatent :

- Une certaine évolution dans le langage verbal;
- les comportements vus à travers la participation des élèves aux activités de la classe ne sont pas meilleurs dans le groupe d'expérience que dans la classe même. Il y aurait même une certaine dégradation de l'intérêt;
- l'évolution devant les tests scolaires est franchement négative : 11 enfants sur 13 ont atteint le niveau 1 alors que chez 7 d'entre eux on avait prévu dans des conditions normales un niveau plus élevé (2 enfants n'ont pas été observés).

L'ensemble des enfants a donc dû redoubler la première élémentaire. Au cours de cette seconde année dans la même classe, 7 des enfants du groupe ont pu être observés au début et à la fin de l'année scolaire. Il n'y a pas eu d'intervention extérieure et cependant les résultats sont sensiblement différents : un enfant n'a pas atteint le niveau prévu, cinq l'ont atteint normalement et un l'a dépassé.

Ces résultats conduisent les deux auteures à la conclusion amère que “la fréquentation du groupe d'expérience n'a pas amené de performances meilleures que le maintien dans la classe” et elle s'efforcent de trouver des excuses en invoquant la situation culturelle défavorable des familles.

En fait, les raisons sont beaucoup plus simples :

- On parle de groupe d'expérience, en réalité le terme «groupe» désigne l'ensemble des sujets et non un ensemble relationnel.
- La séparation des enfants de leurs camarades est vécue comme une discrimination.
- Laquelle discrimination est aggravée par l'expression de leur incompétence, ce qui est nécessairement mal vécu.
- Les méthodes utilisées qui cherchent à faire accéder immédiatement l'enfant à la compréhension de l'adulte sont un non sens.

  Un non sens accentué par une constatation qui devrait être d'évidence : les textes sont en dehors de la réalité de l'enfant.
- La relation duelle contraint l'adulte à imposer sa présence et ses propres désirs.
- La durée des activités de même nature, 1 h 30 est beaucoup trop importante...

  Si ces raisons ne sont pas exprimées par les deux auteures c'est évidemment parce que elles ne sont pas perçues. Celles-ci finissent cependant par admettre dans leur conclusion que tout apprentissage est fonction de la signification qu'il a pour l'enfant.

Les facteurs incriminés

L'échec étant reconnu – comment faire autrement? – il faut lui trouver des causes comme l'ont fait les deux auteures dont je viens de relater l'expérience.

Celles que l'on exprime habituellement présentent le grand avantage de déculpabiliser les enseignants car les causes profondes de l'échec de l'enfant sont en dehors de l'école donc de leur propre enseignement et de leur propre personne :

- La première : personne n'ose plus l'exprimer bien qu'elle soit admise comme vraie par la majorité des enseignants : les capacités intellectuelles sont déterminées génétiquement.
- La seconde et la thèse environnementaliste : les capacités intellectuelles sont déterminées par le milieu socioculturel auquel appartient l'enfant. Tout est joué à 3 ans. L'enfant qui a connu une petite enfance favorable réussira. Celui qui n'a pas eu la chance de naître dans une famille «culturellement avantagée» échouera.
- La troisième grande raison avancée reporte les causes de l'échec sur la famille : c'est la famille elle-même qui opère la sélection en se reproduisant; l'héritage culturel, la langue surtout, renforce le rôle sélectif de la famille.
- La quatrième thèse s'en prend au système social : la famille est le produit d'un système social. L'inégalité est le fait de la classe dominante qui a besoin pour se maintenir au pouvoir de tenir l'autre classe sociale en état de dépendance.

Les causes scolaires des difficultés scolaires

Il y a aussi et surtout les causes qu'on n'ose pas évoquer, celles qui sont liées à la conception de l'école :

Pour J. Levine et G. Vermeil, c'est au sein du système de l'école qu'il faut chercher les causes de son non fonctionnement qui retentit sur 70 % de la population scolaire et qui est une catastrophe pour les 30 à 35 % d'élèves maintenus en situation d'échec prolongé. Ces deux auteurs retiennent six chefs principaux d'accusation contre le système scolaire :

1. Il y a tout d'abord le mythe de la classe homogène : le maître est prisonnier d'un programme, le même pour tous à la fois dans son contenu et dans son rythme de progression.
2. L'hypervalorisation du langage abstrait : l'insistance sur la maîtrise du langage fait l'orgueil de l'école mais se fait aux dépens du développement des capacités d'action, de réflexion et d'organisation.
3. L'incompréhension des données apportées par la psychologie.
4. L'anachronisme des modes de recrutement et de formation des enseignants. On continue à penser qu'il suffit de savoir pour enseigner et rien n'est prévu dans la formation initiale pour conduire l'enseignant à l'approche relationnelle des enfants et de leur famille.
5. Le contresens sur la notion de maturité : l'école confond normale et moyenne. Or la normale est toujours une dispersion de part et d'autre de la moyenne. Il est normal que les maturités soient inégales, que les apprentissages commencent à des âges différents et que les capacités s'expriment plus ou moins précocement.
6. Il y a enfin l'irrationalité des rythmes de travail. Tout se passe comme si les professionnels de l'école ignoraient les lois de l'apprentissage.

En résumé, ce ne sont pas les raisons qui manquent pour expliquer l'échec scolaire. On remet tout en cause sauf deux données : la conception organique de l'école et les personnes qui font cette école. G. Bateson, dans son ultime ouvrage (1984), utilise le terme "escroquerie" pour qualifier les méthodes pédagogiques.

LE VÉRITABLE PROBLÈME : LA CONCEPTION ORGANIQUE DE L'ÉCOLE

Les mouvements de rénovation pédagogique

G.L. – *Les enseignants sont bien conscients à la fois des difficultés rencontrées par les enfants et de celles provoquées par le désir des parents. C'est pourquoi un certain nombre d'entre nous s'intéressent ou même s'engagent dans tel ou tel mouvement de rénovation pédagogique, des mouvements qui ne sont pas toujours bien acceptés par le système de l'école.*

Je veux bien convenir avec vous que les courants de la pédagogie nouvelle ou de la pédagogie active n'ont de nouveau et d'actif que le nom et que tout dépend des personnes. Mais il est d'autres mouvements qui sont fort proches, du moins dans l'expression des intentions de ce que vous avez développé tout au cours de ces entretiens; je veux parler du mouvement Freinet, de la pédagogie non directive, des classes ouvertes...

Pouvez-vous analyser ces différents courants?

Vous avez tout à fait raison de mettre en évidence l'existence de mouvements de rénovation pédagogique car ils prouvent combien les enseignants s'intéressent à leur métier et combien ils sont conscients de la nécessité d'écouter la demande de l'enfant et de s'y ajuster. Le problème qui se pose alors est que les propositions sont interprétées à travers ce que sont les structures mentales; ce qui fait que les meilleures intentions ou les approches les plus pertinentes sont récupérées par le système. Je m'explique :

Nous avons parlé de l'apport de C. Freinet qui est pour moi essentiellement de replacer le message écrit dans le monde de la communication.

Mais les solutions qu'il préconise et les matériels qu'il propose peuvent être critiqués, surtout quand ils sont replacés dans la logique du système. Prenons des exemples, le texte libre est intéressant mais s'il ne se rapporte pas à quelque chose que la communauté éducative a en commun, cet intérêt devient très relatif. La coopérative scolaire est une conception d'adulte; l'enfant veut bien participer, coopérer, se dévouer même... mais pour certaines personnes, celles avec qui il se sent en confiance, pas pour tout le monde. En ce qui concerne le matériel, le fait qu'il soit préparé et structuré à l'avance le replace dans le cadre du matériel scolaire. Quant à l'imprimerie considérée comme un matériel de base, n'est-elle pas un mythe lié à la culture traditionnelle? Il faut convenir que c'est une technique d'un autre âge quand on peut tout simplement utiliser les machines à écrire et à photocopier.

La pédagogie non directive est fort sympathique puisque, en principe, l'adulte se défend d'intervenir dans l'activité de l'enfant, ce qui doit conduire ce dernier à la prise en charge personnelle de son action et de sa personne. Mais comme l'adulte n'intervient pas non plus pour structurer l'environnement, il provoque un ensemble de sentiments et de comportements : agitation, agressivité... liés à l'insécurité permanente dans laquelle se trouve l'enfant.

En réalité, cette notion de non directivité étendue à la pédagogie des enfants est une interprétation abusive de la pensée de C. R. Rogers qui, lorsqu'il parle de l'école, utilise le terme d'«autodirectivité». Autodirectivité signifie prise en charge de sa personne et de son activité, laquelle ne peut exister qu'au sein d'une structure relationnelle qui apporte le sentiment de sécurité.

Dans la classe ouverte, l'enfant peut se déplacer pour aller chercher l'information ou les directives d'action dont il a besoin auprès du groupe, quand il y a des groupes ou de l'adulte de son choix. On respecte donc chez l'enfant la liberté de choisir son activité et les partenaires avec qui il va la développer. Le problème est alors que l'enfant flotte d'un intérêt fugitif à l'autre, d'une personne à l'autre et que n'ayant plus de références, donc plus de sécurité, il est instable et agité. Les Américains du Nord chez qui la conception de la classe ouverte est née l'ont abandonnée car si on respectait le libre choix de l'activité et l'autonomie dans son développement, cette activité n'avait pas de signification pour autant puisque c'est le contexte relationnel qui donne son sens social à l'action.

Les postulats sur lesquels reposent l'Institution scolaire sont faux

A.D. – *Vous avez dit "On remet tout en cause, sauf la conception organique de l'école". Qu'entendez-vous par conception organique?*

L'américain P. F. Drucker présente le problème de la façon suivante :

Quels sont les rôles que la société confie à l'école?

- Elle doit aider les enfants à apprendre
- Elle doit les préparer à jouer un rôle dans la société.

Outre le fait qu'ils sont limités, ces deux objectifs ne sont guère compatibles avec l'enseignement tel qu'il est conçu car les apprentissages scolaires se réfèrent essentiellement, dit-il, aux principes suivants :

1) Les apprentissages scolaires sont une propriété des facultés dites intellectuelles.
2) L'apprentissage est un processus mental, c'est-à-dire un processus de nature différente des conduites motrices ou socio-affectives de l'individu.
3) L'apprentissage est un mécanisme qui prépare à l'action.
4) Il s'agit d'un processus dirigé par l'adulte qui correspond au processus de maturation psychologique de l'enfant.

Ces postulats déterminent la nature et l'organisation de l'école. Et c'est là qu'est tout le problème car ces postulats sont faux. En effet, le caractère intellectuel de l'apprentissage est réfuté par la psychologie génétique. J. Piaget a mis en évidence que l'enfant se développe d'étape en étape, lesquelles sont caractérisées par un certain niveau opératoire. L'école pense que, en faisant réaliser à l'enfant des exercices déterminés correspondant à telle étape de développement ou de compréhension, elle va amener le sujet à ce stade et par voie de conséquence favoriser l'expression de ses capacités.

C'est un contresens car c'est à travers l'apprentissage non dirigé, celui qu'on a d'ailleurs appelé l'apprentissage piagétien, que l'enfant développe et exprime ses capacités. Ce contresens est extrêmement grave car en conditionnant le sujet à telle ou telle réponse on fausse le développement normal des capacités d'accès au réel, donc à la connaissance, comme on fausse le développement des capacités d'auto-évaluation.

Le processus mental qui conduit l'enfant à connaître et à intégrer la connaissance peut se développer à travers des conduites et des médiums de communication très différents. Nous avons abordé la mathématique et nous en avons longuement discuté, nous sommes bien d'accord pour reconnaître qu'elle se développe et s'exprime d'abord dans le langage de l'action avant de s'exprimer dans celui des symboles et des signes. Pour prendre un exemple, il n'y a pas de différence de nature dans le processus mental chez un enfant qui construit un pont avec les objets de la classe et chez l'ingénieur qui élabore son projet avec toutes les ressources de la mathématique. Ils ont le même problème à résoudre mais il y a une différence de niveau dans la technique et le langage utilisé pour l'exprimer.

L'apprentissage ne prépare pas à l'action, il est action, laquelle n'a de sens que dans le contexte relationnel. Ce sont les échanges c'est-à-dire les actions et interactions avec l'environnement qui sont premiers. C'est ainsi que l'apprentissage des médiums socialisés de communication ne peut intervenir que pour faciliter des interactions sociales qui existent déjà et rendre les moyens d'échange plus complets ou plus opérationnels.

Quand on parle de processus, il ne faut pas confondre les processus prédéterminés, ceux qui sont inscrits dans la mémoire génétique et les processus d'apprentissage des données scolaires qui sont liés au contexte relationnel et aux circonstances. Or le contexte est évolutif et les circonstances imprévisibles.

L'école est victime d'une fatalité historique

A.D. – *Comment s'explique une telle inadéquation du système utilisé pour apprendre aux enfants?*

C'est dans l'histoire de la société et de sa culture, donc dans l'histoire de l'école qu'il faut chercher l'origine de cette interprétation erronée de l'apprentissage et du développement.

Dans nos cultures occidentales, les premières écoles ont été les Universités du Moyen-Âge (Bologne : 1088, Paris : 1120, Oxford : 1130...). La connaissance était apportée par la parole, celle des livres et celle des maîtres qui commentaient les livres et reçue dans la station assise. Puis on a construit des collèges sur le modèle des universités, des écoles élémentaires sur le modèle des collèges...

C'est l'histoire qui nous explique pourquoi surtout dans nos sociétés latines, nous identifions parole et connaissance, station assise et situation d'apprentissage. Ces archétypes culturels sont encore majorés par la philosophie dualiste qui a présidé à la création de l'école et qui continue à régner sur le monde scolaire, de l'école maternelle à l'Université, qui identifie langage verbal et fonctionnement de l'esprit. Les traités de pédagogie sont formels : *"Il faut privilégier la dimension spirituelle de l'être"*; ce qu'on interprète : *Il faut privilégier la parole.*

Mais la tradition et les événements s'enchaînent; c'est ainsi que notre langue est dualiste et que l'école, à travers la langue écrite et son apprentissage, contribue à l'organisation des structures mentales lesquelles se perpétuent tout naturellement de génération en génération. C'est la tradition qui nous explique pourquoi l'école considère l'intelligence comme une entité séparée des autres aspects de la personnalité et pourquoi elle réduit les capacités de comprendre et de choisir à leur seule expression verbale.

LE RÔLE JOUÉ PAR LES PERSONNES QUI FONT L'ÉCOLE

Il existe des écoles qui fonctionnent fort bien

G.L. – *L'enseignant est bien obligé de faire avec ce qu'il est en tant que personne et avec ce qu'on lui a transmis. C'est sans doute pourquoi les expériences développées pour pallier à l'échec scolaire n'ont à ce jour rien résolu.*

C'est probablement parce qu'elles n'ont rien résolu qu'il existe actuellement une tendance à revenir à la tradition. Quelles sont les écoles qui ont les meilleurs résultats? Ce sont les écoles et collèges centrés sur deux pôles : la discipline acceptée et le travail personnel.

Les postulats sur lesquels reposent les apprentissages scolaires sont faux, ce n'est pas contestable mais je conviens que cela n'empêche pas le système de fonctionner. Il y a à cela trois raisons que je vais développer : l'école a opéré une substitution aux motifs de l'enfant, les enseignants peuvent être fort compétents et de toutes façons l'enfant apprendra toujours. Pour répondre plus précisément à votre question, si les écoles que vous citez ont de meilleurs résultats scolaires c'est aussi pour trois raisons.

La première : les élèves sont sélectionnés soit en fonction de leur origine socioculturelle, soit en fonction de leurs capacités personnelles; ce qui, vous en conviendrez, facilite les choses.

Dans ces écoles, les professeurs s'intéressent d'une façon particulière aux élèves et à leur travail; ce qui facilite également l'apprentissage puisque l'élève a le sentiment d'être reconnu comme interlocuteur.

La troisième raison est que d'une façon habituelle, l'éducation physique et sportive tient une large place dans les activités générales de l'école; ce qui contribue, nous le savons, à réduire les tensions et par voie de conséquence à rendre la personne plus disponible.

La substitution des motifs

C'est parce que les bases sont fausses mais aussi parce que les motifs de l'adulte et sa logique ne correspondent pas nécessairement aux motifs et à la logique de l'enfant que l'enseignant est obligé de chercher une motivation à apprendre en dehors des activités elles-mêmes. Les motifs pour agir sont apportés alors par les notes, les compositions, les classements, les jugements... qui deviennent des critères valorisés socialement. Comme par ailleurs on ne fait pas confiance aux capacités d'auto-évaluation de l'élève, ces mêmes critères sont utilisés comme enjeu d'une compétition.

Toutefois les motifs extérieurs à l'apprentissage ne constituent pas toujours une force suffisante pour conduire l'enfant à apprendre et à se prendre en charge. C'est pourquoi l'enseignant, pour arriver à ses fins, se voit obligé de développer des stratégies qui se surajoutent aux précédentes et qui se traduisent, en relation avec le tempérament, dans les comportements d'autorité ou de séduction.

C'est alors l'ensemble de ces facteurs : substitution des motifs, compétition, autorité ou séduction – considérés comme naturels par les parents – qui font que la classe fonctionne toujours, plus ou moins bien, quelle que soit la personne qui enseigne.

Les personnes : celles qui font et vivent la classe

A.D. – *Comment expliquer que certaines classes «fonctionnent» mieux que d'autres, en d'autres termes que l'enfant a plaisir à venir à l'école ou qu'il n'a pas plaisir?*

C'est évidemment la personne même de l'adulte qui est en cause.

Il existe en effet bon nombre d'enseignants, même s'ils ne constituent pas la majorité, qui sont à la fois fort compétents sur le plan de l'adaptation à l'enfant des propositions de l'école et sur le plan relationnel. On constate qu'actuellement le nombre de classes organisées à partir des groupes d'enfants et même parfois des groupes de choix a augmenté sensiblement. Ces personnes qui développent leur propre recherche et reconstruisent en permanence leur enseignement finissent par influencer leurs collègues. Par ailleurs, dans la classe traditionnelle il y a également des personnes disponibles et compétentes... Tout ceci nous explique que, malgré l'inadéquation du système général, il y a quand même des classes qui fonctionnent fort bien dans les limites imposées par le pouvoir administratif.

Enfin, il y a surtout le fait que, malgré l'exercice du pouvoir de l'adulte sur sa personne, malgré les programmes et les progressions trop rigides... l'enfant arrive tant bien que mal à apprendre quelque chose, à développer sa personne et à accéder au monde de notre société. Ce qui signifie évidemment, et c'est probablement le facteur essentiel de la survie du système, que la dynamique interne du développement est toujours présente et que celle-ci est plus forte que l'ensemble des systèmes mis en place par les adultes et leur Institution scolaire pour apprendre aux enfants.

Tout le problème de l'éducation est de faire coïncider la dynamique interne du développement avec les attitudes et stratégies de l'adulte. L'existence de classes qui fonctionnent harmonieusement prouve que c'est possible.

La pédagogie, comme la capacité de réfléchir sur ce qu'on fait et sur ce qu'on est

Puisque c'est le monde de la communication qui donne sons sens à l'activité, tout particulièrement à l'activité d'apprentissage, il faut considérer la classe comme une structure sociale, c'est-à-dire comme un lieu et un moment d'échanges. Pour qu'il y ait des échanges et pour que ceux-ci puissent se développer, il faut qu'il existe des structures et des réseaux de communication. Or ces structures sont présentes dans l'ensemble-classe, elles sont composées de trois, quatre ou cinq personnages qui tissent des liens de nature affective. La classe devient alors quand les groupes sont constitués un ensemble composé de sous-ensembles dont les activités sont régulées par une personne d'adulte : l'enseignant.

De la même façon que chaque enfant est une personne unique et originale, chaque groupe d'enfants est également original. C'est pourquoi nul ne peut savoir à l'avance comment vont se développer les activités d'apprentissage, même si elles paraissent correspondre à la demande générale. Il faut alors substituer la notion de démarche à celle de progression et cette démarche qui est ajustement des personnes et des actions ne peut se développer qu'à travers le dialogue.

Pour que le dialogue soit possible, il faut écouter l'autre, l'enfant en la circonstance, et pour l'écouter il faut l'accepter. L'adulte doit donc faire confiance à l'enfant puisqu'il existe une dynamique interne du développement comme il doit faire confiance au groupe et à la dynamique du groupe d'enfants.

Mais pour faire confiance à l'autre, il faut d'abord avoir confiance en soi-même; ce qui signifie que pour accepter l'enfant l'adulte doit d'abord s'accepter lui-même. Qu'est-ce que c'est que s'accepter soi-même? C'est être soi-même tout simplement et non jouer le rôle de celui qu'on voudrait être. C'est alors parce qu'il a confiance en l'enfant et confiance en lui-même que l'adulte devient capable de comprendre ce qui se passe entre les différents personnages qui composent l'ensemble-classe.

Comme dans toutes les relations humaines il y aura des accidents de parcours : il y aura des conflits, nous en avons parlé mais il y aura aussi des erreurs, l'erreur étant le critère qui permet de réajuster les propositions. Pour découvrir le véritable sens de l'erreur, il suffit d'adopter un principe simple : toute réponse de l'enfant est bonne mais elle n'est pas forcément adaptée au projet ou à ce que nous souhaitons.

Cette acceptation de l'erreur de l'autre nous conduit à accepter également les nôtres, donc à réfléchir sur ce qui s'est passé et sur ce que nous avons été dans la relation éducative.

Une école sans échec scolaire est-elle possible?

Si le projet de l'école est d'apprendre à l'enfant des données formelles, il bien évident qu'il y aura toujours une partie de la population qui, pour des raisons diverses, n'arrivera pas à répondre d'une façon positive aux critères qui servent à définir le succès scolaire.

Mais si le projet de l'école est d'abord de favoriser le développement de l'enfant et de ses capacités générales d'adaptation, il n'y aura plus qu'une frange étroite de la population scolaire qui ne pourra y arriver complètement. Par ailleurs, lorsque la dynamique interne du développement, la dynamique du groupe et la dynamique sociale s'associent et se complètent, l'enfant désire apprendre.

L'apprentissage comme principe de tout développement retrouve ainsi toute sa signification : il n'est pas une donnée première, il est le résultat d'interactions et d'interrelations assumées et bien vécues par l'enfant.

PEUT-ON CONCLURE?

A.D. – *À l'issue de ce voyage ou plutôt de cette exploration dans le monde de la psychologie et de l'école, il est bien évident qu'il ne peut pas y avoir de conclusion mais seulement une réflexion sur ce que nous faisons et sur ce que nous sommes en tant que personne.*

Pour compléter cette exploration pourrions-nous aborder les données suivantes qui me paraissent à la fois être de toute première importance et synthétiser l'ensemble de nos entretiens. Je veux parler du développement des capacités d'effort, du rôle et de la place de l'éducation physique dans la classe et de l'éducation morale.

La capacité d'effort

Le développement des capacités d'effort ne demande pas des activités particulières, il est en relation avec les projets qu'on a déterminé et avec le climat social qui règne dans la classe. Vous l'avez constaté dans vos propres classes, l'enfant mobilise ses forces pour atteindre un but quand l'activité a un sens pour lui et quand il perçoit que l'objectif est à sa portée.

L'éducation corporelle

L'éducation physique nous ramène à la conception organique de l'école. Elle fait partie intégrante des activités de la classe, celles qui sont formulées dans l'emploi du temps, le problème est qu'elle n'est pas intégrée en tant que discipline fondamentale dans l'esprit des enseignants. En effet le terme d'éducation physique est dualiste, c'est-à-dire que s'il existe une éducation qui est physique elle sera forcément moins importante que celle qui ne l'est pas, celle qui est intellectuelle. Or les enseignants en relation avec leur histoire et celle de l'école, ont pour projet de développer les capacités considérées comme intellectuelles. Le résultat est celui que vous connaissez, on n'a pas le temps ni le goût, ni surtout le désir d'intégrer les activités dynamiques à la vie de la classe.

Pour dépasser cette conception intellectualiste des apprentissages il faut parler d'éducation corporelle. Le terme corporel a en psychologie mais surtout en philosophie une signification de globalité et d'unité fonctionnelle de l'être. Le corps étant la référence permanente – "Je suis au monde parce que je suis mon corps" – les activités corporelles, celles qui s'expriment dans le langage du corps et de l'action, sont des activités essentielles, elles sont même celles qui vont donner vie à la classe. Elles peuvent prendre des formes, des modalités, des tonalités, des significations... très diverses; c'est ainsi qu'elles peuvent contribuer à libérer l'enfant des tensions et des pulsions mais elles peuvent également être orientées vers la conscience et l'organisation de soi, vers l'organisation de soi et la coordination des actions avec celles des autres...

Il en est des activités corporelles comme des activités musicales ou picturales, c'est dans le groupe et dans la classe que vont émerger et s'exprimer les projets d'activité dynamique, des projets que l'enseignant pourra formuler mais que de toutes les façons il aidera à organiser et à structurer dans le temps. Toutefois leur valeur éducative, comme celle des autres activités de la classe, ne dépend pas des apparences mais de la valeur que l'enseignant leur accorde véritablement.

Les règles de conduite

La morale est une toute autre chose, c'est l'ensemble des règles de conduite que chacun se donne dans ses relations à l'autre et qui expriment le respect de celui-ci. Cet état d'esprit, ce n'est pas la leçon ou les lois affichées qui permettent de le créer, c'est la vie sociale. Or la vie sociale de la classe est sous la responsabilité de l'adulte; ce sont alors ses attitudes et ses comportements face aux enfants eux-mêmes qui vont créer ce climat où l'autre est toujours reconnu et respecté. En d'autres termes, la morale se découvre dans un climat social et non à partir d'injonctions ou d'impératifs verbaux.

Le vrai problème : la personne de celui qui enseigne

G.L. – *Ce qui nous ramène toujours à l'adulte, à ce qu'il est face à l'enfant, à ce que sont ses capacités d'écouter, de proposer des activités pertinentes et de réguler les interactions au sein de cet ensemble complexe qu'est la classe.*

Mais les enseignants qui sont victimes de leur propre histoire et de leur formation professionnelle peuvent-ils changer vraiment?

Il n'y a rien qui s'y oppose si ce n'est eux. Quelles que soient les réformes à venir dans le monde de l'école, l'enfant développera toujours sa personne et ses capacités de la même façon, c'est-à-dire dans un environnement matériel et relationnel. Ce sera toujours le contexte social qui donnera son sens à l'activité mais ce sera l'enfant qui lui donnera sa signification et qui s'engagera dans l'action d'apprendre.

Si nous voulons changer quelque chose dans notre classe et à travers l'apprentissage, faciliter le développement de l'enfant, c'est nous, adultes qui devons nous transformer. Il est une question qui nous interpelle : "*Quelles sont les choses que les enfants de vos classes font et que vous aimez?"* Quand on est devenu capable d'écouter cette question et d'y répondre honnêtement, on est devenu capable de changer.

BIBLIOGRAPHIE[7]

APRIL, J. (1997)
"Pour une écologie de la classe". Sherbrooke, GGC Éditions.

ATLAN, H (1979)
"Entre le cristal et la fumée. Essai sur l'organisation du vivant" Paris, Le Seuil.

BARSCH, R. H. (1971)
"The processing mode hierarchy as a potential deterrent by cognitive efficiency", in cognitives studies, vol. 2, New York, J. Hellmuth, Éd. Bruner-Mazel.

BATESON, G. (1984)
"La nature de la pensée". Paris, Le Seuil.

BERNSTEIN, N.A. (1967)
"The Coordination and Regulation of Mouvement". London, Pergamon Press.

BLUN, F. et PASQUIER D. (1981)
"Un groupe faible au CP." (CP : 1re élémentaire), dans Dossier pédagogique du syndicat national des instituteurs, no 5.

BRUNER, J. S. (1966)
"Studies in Cognitive Growth". New York, John Wiley and sons.

BRUNER, J. S. (1975)
"L'ontogenese des actes de langage" dans Journal of Child Language, Cambridge University Press.

---

7 Réduite aux ouvrages consultés.

DRUCKER, H. F. (1972)
"School Around the bend". Dans Psychology today, vol 6, no 1.

FOESTER, H. Von (1971)
"Note pour une épistémologie des objets vivants" dans Le cerveau humain, Collection Points. Paris, Le Seuil.

HALL, E.T. (1971)
"La dimension cachée". Collection Points. Paris, Le Seuil.

JACQUARD, A. (1978)
"Éloge de la différence". Paris, Le Seuil.

JACQUARD, A. (1982)
"Au péril de la science". Paris, Le Seuil.

LEVINE, J. et VERNEIL C. (1981)
"Les causes des difficultés scolaires" dans Le concours médical, no 26, juin 1981.

LEWIN, K. (1972)
"Psychologie dynamique". Paris Puf.

LURIA, A. R. (1961)
"The Role of Speech in the Regulation of Normal and Abnormal behavior". London, Pergamon Press.

LURIA, A. R. (1970)
"The Functional Organisation of the Brain" dans Scientific American.

MAIGRE, A. (1996)
"Introduction à la langue écrite". Sherbrooke, Éditions du CRP, Université de Sherbrooke.

PAPERT, S. (1981)
"Jaillissement de l'esprit". Paris, Flamarion.

PIAGET, J. (1969)
"Psychologie et pédagogie". Paris, Denoel.

PIKLER, E. (1979)
"Se mouvoir en liberté dès le 1er âge". Paris, PUF.

ROGERS, C. R. (1972)
"Liberté pour apprendre?" Paris, Dunod.

ROGERS, C.R et KINGET, G.H. (1976)
"Psychothérapie et relations humaines". Louvain, Presses Universitaires de Louvain.

ROSNAY, J. de (1975)
"Le Macroscope". Paris, Le Seuil.

ROY-BEAUDIN, M. (1997)
"La pratique du travail en groupes". Sherbrooke, GGC Éditions.

SAINT-PIERRE, C. (1995)
"Handicap et inadaptation – Situation du problème". Sherbrooke, Éditions du CRP.

SLOBIN, Dan I. (1981)
"L'apprentissage de la langue marternelle", dans La Recherche no 122.

VAYER, P. (1980)
"L'équilibre corporel". Paris Doin.

VAYER, P. et RONCIN, C. (1987)
"L'enfant et le groupe". Paris, PUF.

VAYER, P. et RONCIN, C. (1987)
"L'intégration des enfants handicapés dans la classe". Paris, ESF.

VAYER, P. et RONCIN, C. (1988)
"Psychologie actuelle et développement de l'enfant". Paris, ESF.

VAYER, P.; DUVAL, A. et RONCIN, C. (1991)
"Une écologie de l'école". Paris, PUF.

VAYER, P. (1993).
"Le principe d'autonomie et l'éducation". Paris, ESF.

VAYER, P. et DUVAL A. (1996)
"Activités et alternance des activités". Sherbrooke, Éditions du CRP, Université de Sherbrooke.

VAYER, P. et TRUDELLE, D. (1996)
"Logique du vivant et éducation". Sherbrooke, Éditions du CRP, Université de Sherbrooke.

VAYER, P. et TRUDELLE D. (1996)
"Comment l'enfant apprend". Sherbrooke, GGC Éditions.

VAYER, P. et TRUDELLE D. (1996)
"Les capacités des enfants de 5 à 7-8 ans". Sherbrooke, GGC Éditions.

Collection

PRATIQUES NOUVELLES EN ÉDUCATION

Autres titres disponibles:

- Les capacités des enfants de 5 à 7-8 ans
- Comment l'enfant apprend
- La connaissance est aventure
- Dialogue avec les enfants handicapés
- La dynamique des apprentissages scolaires
- Le jeu et le sport chez les enfants et les jeunes adultes
- Ordre et désordre: les facteurs de l'organisation dans les classes de jeunes enfants
- Pour une écologie de la classe
- La pratique du travail en groupes

Achevé d'imprimer sur les imprimantes à laser des
Productions G.G.C. Ltée - Sherbrooke
en mai 1998